ボクハクルッテイル

栩内 孝次

文芸社

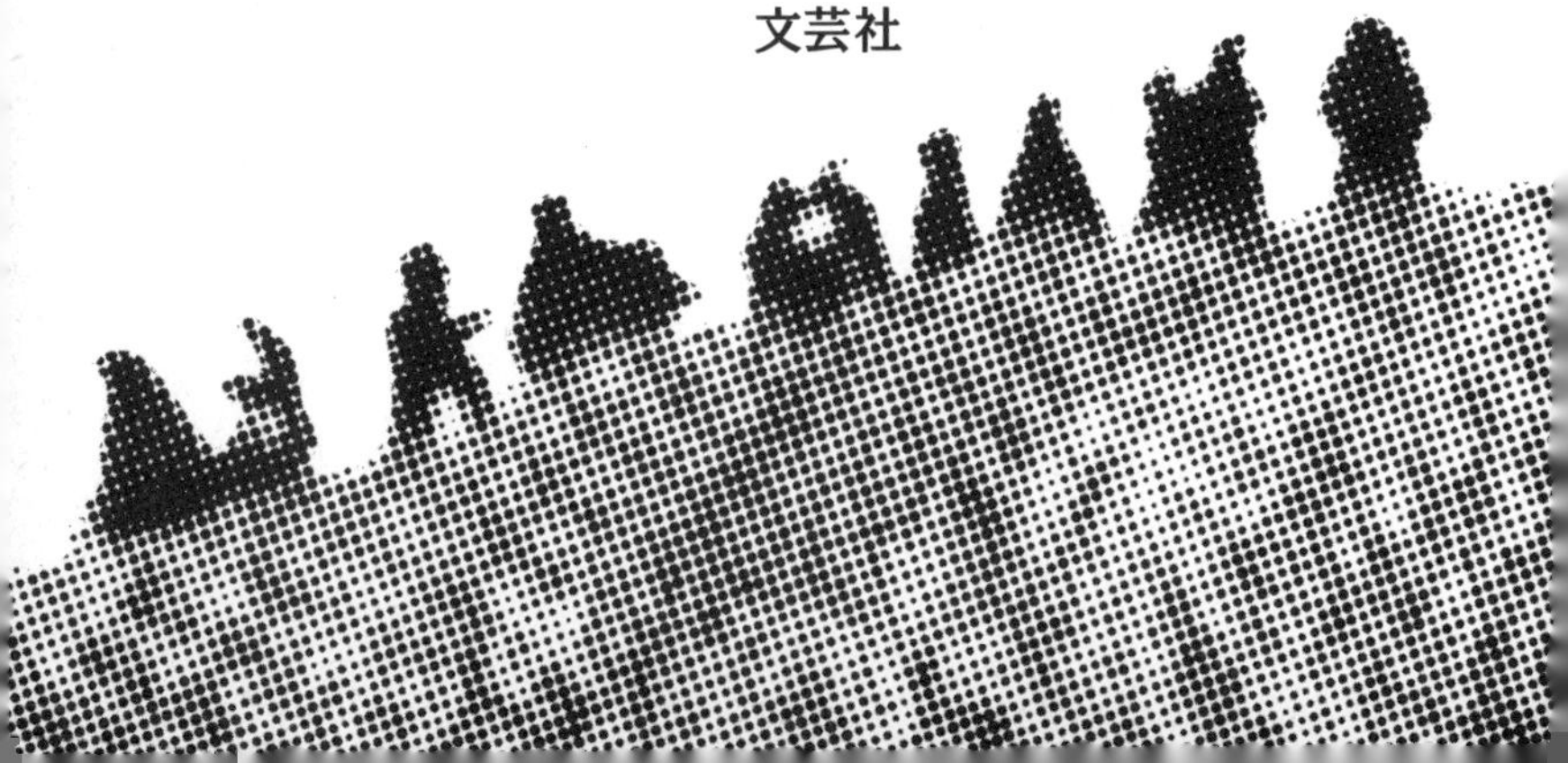

　俺は空を泳いでいた。快晴の空の中、両腕を広げ自由に空を泳ぎ回っていた。すぐ側を白い鳥たちが飛び、俺はビルの間をくぐり抜け、どこかを目指し、ただひたすらに空を泳いでいた。ふと見下ろした地面にたくさんの人間の姿を見つけた俺は、その集団に興味を引かれ高度を落としてみることにした。何もないだだっ広い草原。そう、木の一本もそこにはなく遥か遠くには地平線が見渡せた。徐々に近づいてくる地面、草の放つ匂い、草原を渡る心地よい風、それと共に聞こえてくる人々の声……。

　地上の人々は皆そこでその顔に笑顔を浮かべながら互いを殺し合っていた。俺はしばらく彼らを上空から見下ろしていた。何故みんなあんなに楽しそうに殺し合っているのだ？　俺は理解できずに彼らを見つめていた。ある者はその手に武器を持ち、ある者は別の者の首を絞め、ただひたすらに、しかしそれは楽しそうに人を殺し、殺されていた。俺は眼下に映る人の群れに言いようのない不安感を覚えていた。何か耐えがたい不安感、まるで直接心臓を鷲掴みにされているかのような感覚。身体の全体は落ち着いているのに心臓部分だけが圧迫され、押しつぶされそうな、そんな不快感だ。

「止めろ！　止めるんだ！」

俺は思わず声をあげた。だが俺の声に気づく者は誰一人いなかった。どこからともなく増えていく人間たち、そして増えていく死体の山。草原を埋め尽くすかのような夥しい肉塊、地面を濡らす真っ赤な血液。

俺を支配する不安感、不快感はそのレヴェルを上げる。何かにすがりつきたいような衝動を感じて、俺は再び叫んだ。

「いい加減にしろ！　何が楽しくてそんなに人を殺すんだ！」

結果は同じだった。誰一人俺の声には反応せず、笑いながら殺し、死んでいった。彼らの様子をただ見ることしかできない俺はふと自分の隣に人の気配があることに気づき、顔を向けた。そこには地面にいる人間たちと同様に笑みを浮かべた女性がいた。彼女が俺たちと違う点は唯一つ、背中に大きな白い翼をはやしていることだけだった。

「彼らを止めないと！」

俺は彼女にそう言った。額にはうっすらと汗をかきながら。額の汗を拭うことすら忘れ、俺は彼女に、まるで地の底から救いを求める亡者のような、そんな苦しみとも悲しみともつかない表情を見せていた。

「何故？　彼らは望んで殺し合っているのよ」

彼女は俺に笑みを向けたままそう言うと、眼下の人間たちを指さした。増えていくこの殺しというダンスパーティーの参加者、そして踊り疲れて眠りについた死体の山、いつまでも続く終わらないこのダンスパーティー。それを眺めながら彼女はクスクス笑うと言った。

「ほら、また参加者が増えてる」

どこからやってくるのか、人の数が減ることはなかった。俺は愕然《がくぜん》としながらその様子を眺めていた。大地は夥しい血の赤に染まり、いつの間にか空は今にも泣き出しそうな曇天に変わっていた。俺の側を飛んでいた白い鳥たちは血の匂いに飢えた黒い鳥に変わり、俺の隣で地面を見下ろしている女性の翼は血で染まったかのように深紅の翼に変わっていた。俺は彼女の深紅の翼をただ呆然《ぼうぜん》と見つめていた。さっきまでの軽やかな白い翼とは違う、重苦しい深紅の翼。

「ほら、あなたもあんなに楽しそう」

微笑みを浮かべたまま彼女は俺にそう言うと、ある一点を指さした。そこでは今ここにいるはずの俺が、血で真っ赤に濡れたナイフを手に持ち、それは楽しそうに近くの人間を斬り刻んでいた。手当たり次第にナイフを突き立て、斬り、えぐる。地上の俺は炎のように赤い返り血を全身に浴びながら、この世で最上の喜びを得た人間のように笑っていた。俺はその俺を見ながら絶叫した。

「止めろ！」

「どうして？　あんなに楽しそうなのに」

俺は翼の生えた女性をキッと睨むと言った。

「何で俺が人を殺さなきゃいけないんだ！」

俺がそう言った時、今まで笑っていた眼下の俺がふと不思議そうな顔をした。俺は地面の俺を見ながら祈るような気持ちで言った。

「そうだ、止めるんだ」

だが、俺の希望はうち砕かれた。地面の俺は上空の俺を見つけると返り血で真っ赤になった顔に笑みを浮かべて言った。

「何故だ？　お前が望んだことだろう？」


そこで俺は目が覚めた。

「夢？」

上半身を起こし寝癖のついた頭を掻きながらそう呟く。見回せばいつもの見慣れた俺の部屋だ。一人暮らしの俺の部屋。カーテンは閉められたままで隙間からは太陽の光が僅かに入ってきていた。薄暗い……。俺はそう思いつつもカーテンには手を伸ばさず、枕元の時計に目を向けた。午後一時。俺は苦笑しながら役目を果たさないその目覚まし時計を軽くこづくと、辺りに物が散らばっている部屋を見回した。それを見て俺は軽く溜息をつき、煙草に火を点けた。

妙な夢のせいでひどく落ち着かない。それにしても変な夢だった。そんなことを思いつつ煙草の煙を吐き出した時、まだ半分寝ぼけた俺の脳に覚醒を呼びかけるように、携帯電話がうるさく鳴った。鬱陶しそうに充電器から持ち上げ通話ボタンを押し、声を出した。

「ただいま電話に出ることができません、番号をお確かめの上もう一度お掛け直し下さい」

「何バカなこと言ってるんだ？」

電話の向こうから大学の友人の声が聞こえた。どうやら周りに数人の人間がいるらしい。

「……サークル室にでもいるのか？」

携帯電話に向かってそう言い、長くなった灰を落とそうと灰皿をたぐり寄せる。山になった吸い殻のうち何本かが床に落ちて、俺は軽く舌を打った。

「ああ、暇だったらお前も来いよ。……ん？　どうした？」

どうやら舌打ちしたのが分かったらしく、電話の向こうで友人は不思議そうな声を出す。俺は電話に向かって、何でもない、と言うと今からそっちに行く旨を伝え電話を切った。薄暗い部屋の中で俺は煙草をくわえたまま着替えを引っぱり出した。

俺は大学に行くために駅で電車を待っていた。向かい側の電車がホームから出て行く瞬間、それは俺がとても嫌いな瞬間の一つだ。大概の場合、電車の窓からこちらを見ている人間がいる。俺は、間抜けな顔で電車を待っている俺を、見ず知らずの彼らの視線に曝されるのがたまらなく嫌なのだ。自分は置いて行かれている、しかも進もうとしている方向は彼らとは逆方向。上っ面だけの善人どもが俺に、そっちじゃない、と語りかけているかのような錯覚。そんなことを考えるたびに俺はひどく動揺したりする。その妄想に取り憑かれるだけで俺はすべてのやる気を失うことがある。今日もそんなことを考え既に大学に行く気が失せかかっていた時、突然背後で悲鳴が上がった。周囲の人間は一斉に声の方を振り返り近づいていく。普段はそんなものに興味も示さないのだが、今日は何故かその人だかりの方に、まるで見えない力に引き寄せられるかのように、俺はふらふらとその足を向けた。

男が一人、真っ赤な床の上に倒れている。スーツ姿のサラリーマン、といった感じだろうか。ふと見ると、床はまるで侵略を続ける軍隊のようにじわじわと己の領土を広げていた。ゆっくりとだが確実に広がっていく赤。意志を持った一つの生き物のようにその赤は無機質な床を染めていった。重そうなその色が強烈に己の存在感をアピールしているかのように俺には見えた。

「血？」

その独特の臭気を感じ、領土を広げていく赤の帝国を見ながら俺はようやく、それが倒れている男が流している血液であることに気がついた。血液は今なお己の存在を誇示すべく、じわじわと侵略を続けていた。まるでこの床の支配者は自分なのだ、とでも言わんばかりに。そして俺は見た。倒れている男のすぐ側に立っている男の右手に、いわゆるバタフライナイフと呼ばれるナイフが握られているのを。ナイフの男を中心に野次馬が彼から二、三メートル距離をあけ、円を描く。それは侵略を続ける血液から逃れるかのように俺には見えた。

「最近多いな、こういうの」

俺は誰かがぽつりと呟いたその言葉を聞くと、人で出来たドーナツの中にいるナイフの男の顔を見た。まだ高校生ぐらいだろうか、少なくとも俺よりは若い。そいつが血に濡れたナイフを持った右手をだらりと下げて、自分を取り囲むかのような野次馬たちをぐるりと見回した。その時俺は確かに見た。奴がにこやかに笑っているのを。上辺だけの笑顔ではない。瞳の奥が間違いなく笑っているのだ。俺にはむしろ彼を囲む周囲の野次馬たちの瞳の方が冷たいモノに見え、背中に冷たいモノが流れるのを感じた。単純に少年とそれを取り囲む人の群れに恐怖を感じたからではない。ついさっき見た奇妙な悪夢で俺が俺に見せた笑顔に、奴の笑顔がそっくりだったからだ。俺は思わず自分の周りを見回していた。だがそこには、翼の生えた女性はいなかった。死体の山も築かれてはいなかった。

当然だ。どうかしてる。

俺は心の中でそう呟くと小さく溜息をついた。誰かの通報を聞きつけたのだろう、二、三人の警官がやって来た。ナイフの男は本当にあっけなく警官たちに捕まった。何の抵抗も示さずに。まるで俺の夢の中で死ぬ順番が回ってきた人間のように、従順に警官にその身を委ねていた。野次馬たちからほっと胸をなで下ろす声や少し残念そうな声が聞こえてきた。俺のすぐ隣に立っていたスーツのオヤジは、何だあっけない、と一言残すと何処かへ消えた。俺はどうしても今朝見た夢と少年の笑顔がダブって見え、そこを動くことができなかった。

隣のオヤジが何処かへ消えたため人一人分の隙間が出来た空間を、警官たちはちょうど良いと言わんばかりに俺の横を少年を連れて出て行こうとしていた。俺は、手錠をかけられ警官に引っ張られていく少年の顔を覗き込んでいた。彼はまだその顔に笑みを浮かべたままゆっくりと、それでいてしっかりとした足取りで俺の横を通り過ぎようとしていた。

「オマエガノゾンダコトダロウ?」

少年が俺の横を通り過ぎる瞬間、俺はその声を聞き、一瞬目の前が真っ暗になった。それはとても少年の声とは思えなかった。そう、夢の中で聞いた俺自身の声にそっくりだったのだ。俺は焦点の合わない目で少年の姿を追いながら心の中で呟いた。

何？　何を言っているんだ？

俺は自分の心臓の鼓動が早まるのを感じていた。あの夢の最中に感じた圧迫感を俺は再び味わっていたのだ。既に野次馬たちの中から抜け出し改札の方へ歩いていた少年の背中を見つめながら、俺は混乱した頭を何とか落ち着けようとしていた。そう、俺が聞いたのは幻聴だ、俺はそんなこと望んじゃいない。自分にそう言い聞かせ、ふう、と息を吐き出したその時、少年は野次馬たちの中の俺を振り返りにっこりと笑った。奴は確かに俺を見て笑った。俺はすべて知っている、お前の希望通りだ、とでも言わんばかりの笑顔だった。俺は激しい目眩《めまい》を覚え、ふらつく身体を何とか立たせていた。不安感、不快感のレヴェルが一気に上昇する。俺は吐き気を催しつつも軽く頭を左右に振り、この奇妙な妄想を、脳から紫の煙と一緒に吐き出そうと喫煙コーナーに足を向けた。

そこは真っ白な煙で支配された世界。煙突と化した人間が数人、煙を吸い込んでは吐き出していた。俺もそこで煙突に混ざろうとポケットから煙草の箱を取りだした。その時、

「あれ？　史槻サンじゃないですか？」

背後から俺を呼ぶ声が聞こえた。火の点いていない煙草をくわえたまま振り返るとそこには一人の女の子が立っていた。俺が所属するサークルの一年後輩の森野茜だ。彼女はにこにこしながら俺の方を見ていた。知り合いを発見した安心感と知り合いに接しなければいけない鬱陶しさが、俺の中で俺自身に鎌首をもたげた。

「ああ、おはよう」

俺は彼女にそう言うとくわえている煙草を箱の中に戻した。彼女は俺の言葉を聞くとわざとらしく自分の腕時計を見て言った。ちょっと前に流行った

時計だ。今それをしている人間は少ない。

「おはようって時間ですか？　……今日、講義ないんですか？」

「……今日は二限だけ」

短く俺がそう言うと彼女は、はぁ、と溜息をついてから呆れたような顔をして、

「もう三限が始まってますよ」

困ったようにそう言った。

今は、知り合いに接する鬱陶しさが俺にはありがたかった。普段は憎むべきこの鬱陶しさが今の俺には唯一の救いだったから。俺は苦笑しながら、ああ、そうだな、と呟くと、彼女が荷物も何も持っていない手ぶらの状態であることに気がついた。もし大学に行くのならバッグの一つも持つだろう。

「で、茜は何やってるんだ？」

俺はニヤッと笑うとそう言ってやった。一年後輩の彼女が今日一日講義が

ないわけがない。おおかた彼女もサボりなのだろう。もっとも大学なんて所は真面目に講義に出る奴の方が珍しい所なのだが。

「……人殺し」

茜は周りに人がいることを確認すると俺の側により、小さな声でそう囁いた。俺は彼女の言葉に一瞬ぎょっとしてから、彼女の顔を見つめた。俺の中の小さな安心感と鬱陶しさは彼女の一言で何処かに消え失せ、瞬時に俺は捕らえようのない不安感と不快感に支配された。顔が強ばりそうになるのを何とかこらえながら俺は茜の方に目を向ける。

茜は普段からにこにこしている女の子だ。その時の顔も普段と変わらずににこにこしていた。俺にはそれが今朝の夢、さっきの少年とオーバーラップして見え、再び目眩を覚えた。

「どうかしました？」

茜は相変わらずにこにこしたまま俺にそう言った。俺はしばらく何を言ってよいのか分からず、ただ口をぱくぱくさせていた。そう、酸素の足りない金魚鉢の中の不幸な金魚のように。

「ひどいんですよ、畑村サン。私の家が史槻サンの家に近いからって呼んで来いって言うんですよ。どう思います？」

畑村、というのは俺のサークルの友人で、さっき俺に電話をかけてきた男だ。不満を言っている割には茜は何だか楽しそうだった。しかし今の俺には彼女のさっきの言葉、人殺し、という響きが頭から離れていなかった。その響きが俺を支配する不安感と不快感を加速させた。心臓の鼓動は早くなり、耐えがたい不安感に俺は襲われた。そう、まるで突然重力から解放され、上も下もないような状況を命綱もなしに目的もなく歩くような、そんな不安感。何も言わない俺の方を不思議そうに見つめながら、茜は続けた。

「だから、私が探していたのは史槻サンなんです」

彼女はそう言うと自分の右手をジーンズのポケットに突っ込んだ。

だから探していたのは、俺？　つまり彼女が殺そうとしているのは、俺なのか？

俺はそう思いながら茜の右手の動きをじっと見ていた。そこから姿を見せる物、それはさっきの少年も持っていた血で濡れたバタフライナイフ。彼女はそれで俺の腹を刺すのか？　あるいは首を切るのかもしれない。そう、いつものように笑いながら。

「……あ、もしもし、森野です。史槻サン、見つけました。はい……」

背中に冷たいモノが流れるのを感じながら俺は彼女を見つめていたが、彼女がポケットから取り出したのは血に染まったバタフライナイフではなく、ただの携帯電話だった。俺はそれを見てほっとすると同時に自分のバカな妄想に苦笑いした。あるわけがない、彼女のようなどこにでもいる普通の女の子が人を殺すなんて。

気がつくと俺は不安感と不快感の支配から解放されていた。そしてまたほんの僅かな安心感と大量の鬱陶しさが俺を包み、俺は安堵の溜息を漏らした。

当たり前の話だ。俺は携帯で誰かと話す彼女を見つめながら何だか妙に安心感を覚えていた。彼女はしばらく電話と何かを話していたが、やがて電話を切ると俺の腕を摑んで言った。

「どう思います？　可愛い後輩に人捜しなんてさせる先輩。挙げ句に探す人はさっき自分で電話した相手なんですよ」

人捜し、俺はその言葉を聞いて思わず苦笑した。さっき茜が言ったのは人殺し、ではなく人捜し、だったのだ。そう、タネを証せば簡単なこと。単純な俺の聞き違い。妙な夢と妙な事件を見たせいだろう。俺は苦笑したまま茜の方を見た。彼女は俺のその表情を見て不思議そうな顔を向ける。

「あれ？　……ってことは茜はサークル室からわざわざ来たのか？」

俺は正常に戻り始めている脳に浮かんだ疑問を口にした。すべてのつながりを失っていた俺の脳は今、身体の各部との結合を取り戻そうとしていた。

彼女は俺の問いに笑って答えた。

「いえ、さっき畑村サンから電話があって、さっき史槻に電話してもうすぐ駅に着くだろうから、連れてきてくれ、って言われたんです」

俺は茜の言葉を聞いて苦笑が収まらなかった。畑村という奴はそういう奴なのだ。たとえどんなにくだらないことでも自分の計画を実現するためには二重三重に手を張り巡らせる。今日のもそうだ。俺に電話をするだけでは俺は来ないかもしれない、いや、俺が極度の気分屋であることを知っている奴は、俺の気が途中で変わることを恐れたのだろう。だから茜に俺を学校まで連れてくるように言ったのだ。勿論、先輩である、というのも奴が使うわけの分からない理屈もたっぷりとこねたのだろう。奴は、俺が鬱陶しさを感じない数少ない友人の一人であった。だが鬱陶しさを感じない相手には俺は安心感も感じなかった。

「やれやれ、あいつらしいな」

俺はそう言うと、俺の腕を掴んだままの茜に、ホームに滑り込んでくる電車の方を指さした。彼女もそれを見てようやく俺の腕を放し電車に乗る人の列に加わった。

昼日中ということもあり電車の中は空いていた。ラッシュ時にはこれでもかというほど人が座っている座席も、今では人がまばらに座っているだけだった。先に電車に乗り込んだ茜が適当な席に座り、俺を手招きした。車両の中央部分、ドアとドアからほぼ真ん中辺りに彼女は腰を下ろしていた。辺りには、何処かへ行くのだろう、大きな荷物を持った老女、小声で携帯に向かって何かを喋っているサラリーマン、それと中年のいわゆるオバサンの類がそれぞれ互いに少しずつ距離をあけて座っていた。暖房の効いた車内は暖かく、遠くには居眠りをするオッサンの姿も見えた。窓からは日の光が射し込み、ある所ではブラインドが閉められていた。

俺は茜の隣に腰を下ろすと何気なく中吊り広告に目を向けた。俺から見えるのは何処かのデジタルカメラの広告と週刊誌の広告だった。生憎とデジカメなんかには興味のかけらもない俺はすぐに週刊誌の広告に目を向けた。勿論週刊誌に興味があるわけではないが、どちらを選ぶかと聞かれれば迷わず週刊誌を選ぶだろう。有名俳優の浮気がどうの、新人アイドルのヌードがどうの、という見出しに俺は何の興味も示さずに広告を眺めていた。そこに一行の文章とその隣の顔写真を見るまで。

〃これが四人の人間を惨殺した男の顔だ！〃——そう書かれた文章の隣には一人の男がにこやかに笑っている写真があった。またた、また笑っている。俺がそう思いながら広告に載せられた写真を眺めていたとき、またあの声が俺に囁いた。

「オマエガノゾンダコトダロウ？」

俺はその囁きを聞いた瞬間、思わず辺りを見回した。だがそこには、誰一人として俺を見ている者はいなかった。再び襲いかかる不安感、脳が切り離される様な錯覚。俺は自分の額に汗が浮かぶのを感じ右手の手のひらで拭った。べっとりとした嫌な感触が伝わる。

「どうしたんですか？」

俺の様子がおかしいのを見て茜が小声でそう尋ねる。彼女は心配そうな顔を俺に向けていた。俺はやはり小声で、何でもない、と呟くと改めて周囲を見回した。気分を変えたかったのだ。だが、そこには俺に向けられた視線があった。老女が、サラリーマンが、オバサンが、皆一様に俺の方を見ている。何か奇妙な物でも見るかのような目をしながら。

その視線に曝されるたびに俺の中の不安感は増していった。意識という重力から解放された俺の精神は、ほんの少しの力で押しつぶせるスポンジのようだった。俺は無理矢理笑うと俺の方を見ている奴らを見てやった。彼らは俺が視線を向けるとさっと目を反らした。ならはじめから見るんじゃない。俺は腹の中でそう毒突くと止まらない冷や汗を再び拭った。何度触っても嫌な感触だった。そう、まるで流れ出る血液を拭っているかのような感触。俺は自分の手のひらが真っ赤に染まっているのではないかと急に不安になり、自分の右手を見た。そこにはただ透明な汗が日の光を反射させているだけだった。それを見てもなお波のように押し寄せる不安感と不快感は止まらなかった。

茜はさっきから心配そうに俺を見ていた。しきりに、暑いですか、とか聞いてくる。暑くはない。むしろ寒気がする。勿論そんなことは言えず、俺はただ、大丈夫だ、というより他になかった。本当はその場で頭を抱えてうずくまりたかった。声をあげて叫びたかった。押しつぶされそうな目に見えない圧力の前で自分の精神をつなぎ止めるべく、大きな声をあげて叫びたかった。

俺は何も望んではいない、と。向けられる視線にますます不安感を煽られた俺は、再び周りの奴らを視界に入れた。

「オマエガノゾンダコトダロウ？」

今度は目を合わせた奴らが次々と俺にその言葉を投げかけた。目が合うたびに何度も何度も。俺はたまらず下を向く。だが声は止まなかった。脳は完全に他の部位との結合を止め、ただひたすらに不安定な情報だけを受け入れていた。

「オマエガノゾンダコトダロウ？」

輪唱するかのようにその言葉が俺の脳の中に直接響き渡る。両手で耳を塞いでも聞こえてくるその声に、俺はただひたすら否定の言葉を連呼した。残されたこの精神が崩壊しないように。俺は何も望んではいない、と。

ふと気がつくと声は止んでいた。見回すと俺が座っている座席には俺と茜がいるだけで正面の座席には誰もいなくなっていた。たとえようもない不安感は急速にしぼみ、後には全身を包むかのようなけだるさが残った。

「どうしたんですか？」

茜は心底心配そうな顔で俺の顔を覗き込むと泣きそうな声を出した。

「……何でもないよ、ちょっと疲れてるだけだ」

俺はかろうじてそう言うと大きく息をついた。そして車窓に映る景色を眺める。そろそろ大学も近い。俺は少しふらつく身体を強引に座席から引き剥がすとドアの所まで歩いた。何だか身体が少し重く感じた。もしかしたら本当に疲れているのかもしれない。ドアにもたれかかりながら後方に飛ばされていく景色を眺め、そんなことを考えていた。

「疲れてるんなら、家で寝てた方がいいんじゃないですか？」

ドアにもたれかかる俺に茜はそう言うと、俺の腕を掴んだ。他人事なのによく心配するな、俺はそう思いながらも首を横に振った。不安感と不快感は既になく、懐かしい鬱陶しさが俺の脳を包み始めていた。

「一人の方が気が滅入りそうだ」

「は？」

俺の呟きを聞き取り、何だか分からない、という顔をする茜に俺は笑顔を向けてから再び首を左右に振り、静かに開いたドアから電車を降りた。

俺の所属するサークルの部屋は、講義を行なう棟が立ち並ぶ所を通り過ぎた大学の一番奥にある。色々なサークルの部屋が集まっているプレハブ小屋のような建物の中の一室がそうだ。俺のサークルは学内でも所属人員の数で一、二を争う。それ故に与えられた部屋も他のサークルより比較的大きな物であった。もっとも登録人数は多いが実際に普段から顔を出す人間はその三分の一位なのだが、俺にはそれが嬉しかった。必要以上に人と関わらなくてすむからだ。

俺は茜の後ろを歩きながらサークル室の扉の前にやって来た。窓はあるのだがそこにはカーテンが引かれていて中に人がいるのかどうかは外からでは分からない。それ故にドアノブの所には表に「営業中」、裏に「本日休業」と書かれたプレートが下げられていた。今は勿論「営業中」である。このプレートは去年卒業した先輩の中の一人が置いていったものだ。俺はこのセンスは結構好きだった。もっとも最近では鍵を開けた後、プレートを裏返すのを忘れていることがよくあり、ドアには〝プレート!!〟と赤いマジックで書かれた大きな貼り紙が貼ってあった。そのプレートを貼ったのは俺の友人にして現会長の畑村なのだが、俺はいつもその貼り紙を見るたびに苦笑させられていた。この部屋の鍵を持っているのは会長である畑村なのである。つまりプレートをひっくり返すのを忘れるのもまた畑村なのである。

茜がサークル室のドアを開ける。俺はそこに真っ赤に染まりながら横たわっている畑村たちの姿を見た。ある者は頭から血を流し、ある者は腹からどす黒い血液を大量に流していた。死体は皆、にこやかに笑っていた。

「あ、史槻サン、おはようございます」

部屋の中の様子に目を閉じた俺に、誰かがそう言った。部屋の中の一年生だ。目を開けるとそこには普段通りのサークル室があった。茜は既に靴を脱ぎ部屋の中に上がっている。

一瞬の妄想。俺は軽く頭をふると靴を脱ぎ、畳が敷かれているサークル室へと入った。サークル室の中は完全に人が生活できる空間であった。冬である今はこたつが置いてあり、夏には扇風機が動く。台所こそないが部屋の端には去年俺と畑村が、まだ使える冷蔵庫を拾って運び込んであった。さらには何代か前の先輩がもういらないからと言って置いていったテレビまで置いてあった。勿論、大学側にばれればすぐに撤去されるだろう。それだけですめばいいが最悪の場合、何ヵ月かの活動休止、もしくは解散、という結果も待っているだろう。そんな部屋の中、今こたつの上には麻雀牌と点棒が幾つも転がっていた。

「待ってたぜ」

畑村は俺の方を見てにやっと笑い、そう言ってからくわえていた煙草を灰皿に押し付けた。既に山になっている灰皿を見るかぎり、随分前からいたことが読んでとれる。畑村は俺と違ってあまり煙草を吸う人間ではない。それが灰皿に吸い殻の山を築いているのだ。おそらく開門と同時くらいにここに来ていたのだろう。

「メンツが足りないんだ、やるだろ？」

俺は畑村の言葉を聞いて本当にくだらないことで人を呼び出す奴だ、と改めて思ったが、既に空けられているこたつの一角に黙って入り込んだ。俺と畑村の他は二人とも二年生、つまり茜と同じ学年の男だった。俺は二人に言ってやった。

「講義も出ないで麻雀ばっかりやってたら畑村みたいになっちまうぜ？」

そう、畑村は単位が足りていないのだ。今のままでは来年四年になることはできても、その次の年に無事に卒業できるかどうか非常にアヤシイのである。俺のその言葉に畑村は、うるせえ、と一言言うと卓上の麻雀牌を混ぜ始めた。二人の後輩は互いに顔を見合わせると俺の方に苦笑して見せた。俺はこたつの中で暖めていた手を出すと煙草に火を付け、ふと茜の方を見た。彼女はいつの間にかテレビをつけてドラマの再放送を見始めていた。

「史槻、ジュース取ってくれ」

手元の牌を見たまま畑村は冷蔵庫に一番近い俺にそう言った。俺は煙草をくわえたままこたつから抜け出し冷蔵庫の取っ手に手をかけた。中には幾つもの缶ジュース、ペットボトル、挙げ句の果てに缶ビールまで入っていた。それぞれに名前が書いてあり、一目で誰の物か分かるようにしてあるのだ。俺は大浦と書いてある紅茶のペットボトルをまず取り出し卓に置いた。大浦と言うのは俺の姓だ。大浦史槻、これが俺の本名。皆俺のことを下の名前で呼ぶため、サークルに入ったばかりの人間は、史槻が姓だと勘違いする。

俺は開けたままの冷蔵庫に顔を戻し、畑村のジュースを探した。コーラ、ウーロン茶、オレンジジュース、どれにも畑村の名前は書いてなかった。

「畑村、お前何入れたんだ？」

恐縮ですが
切手を貼っ
てお出しく
ださい

112-0004

東京都文京区
後楽2－23－12

(株) 文芸社

ご愛読者カード係行

書　名				
お買上 書店名	都道 府県　　市区 郡　　書店			
ふりがな お名前			明治 大正 昭和　年生　歳	
ふりがな ご住所	□□□-□□□□			性別 男・女
お電話 番　号	（ブックサービスの際、必要）	ご職業		

お買い求めの動機
1．書店店頭で見て　2．当社の目録を見て　3．人にすすめられて
4．新聞広告、雑誌記事、書評を見て（新聞、雑誌名　　　　）

上の質問に 1. と答えられた方の直接的な動機
1．タイトルにひかれた　2．著者　3．目次　4．カバーデザイン　5．帯　6．その他

ご講読新聞　　新聞	ご講読雑誌

文芸社の本をお買い求めいただきありがとうございます。
この愛読者カードは今後の小社出版の企画およびイベント等の資料として役立たせていただきます。

本書についてのご意見、ご感想をお聞かせ下さい。
① 内容について

② カバー、タイトル、編集について

今後、出版する上でとりあげてほしいテーマを挙げて下さい。

最近読んでおもしろかった本をお聞かせ下さい。

お客様の研究成果やお考えを出版してみたいというお気持ちはありますか。
ある　　ない　　内容・テーマ（　　　　　　　　　　　　　）

「ある」場合、弊社の担当者から出版のご案内が必要ですか。
希望する　　希望しない

ご協力ありがとうございました。

〈ブックサービスのご案内〉
当社では、書籍の直接販売を料金着払いの宅急便サービスにて承っております。ご購入希望がございましたら下の欄に書名と冊数をお書きの上ご返送下さい。（送料１回380円）

ご注文書名	冊数	ご注文書名	冊数
	冊		冊
	冊		冊

俺は冷蔵庫の中をかき混ぜるように漁りながらそう言った。

「何にも入れてない」

畑村はさも当然のようにそう言うと俺の側までやって来た。

「何にも入れてないって、お前……」

俺は呆れたような顔を向けながらそう言って冷蔵庫を閉じる。他の四人の後輩たちは畑村の言葉に苦笑していた。畑村が冷蔵庫に何も入れていないのはいつものことだった。そう、奴は冷蔵庫に何本か入れている奴から貰おうとするのだ。ある時は先輩の権力を行使して後輩から、ある時は先輩に甘え、ある時は俺に頼み込む。俺はわざとらしく大きく溜息をつくともう一本入れてあった紅茶を取り出した。

「すまんなぁ」

畑村が俺ににやにやしながらそう言うのを見て、俺は
「誰がお前にやるって言った？　おい、茜、飲むか？」

そう言うと、畑村の前でペットボトルを茜の方に投げた。ゆっくりと放物線を描いたペットボトルが茜の手の中に収まる。茜は自分の手の中の紅茶を見ながら、いいんですか、と言い、俺と畑村を見ていた。

「畑村からバイト代、貰ってないだろ?」

俺は畑村に、にやっと笑うとそう言って卓に戻る。畑村はそんな俺をきょとんと見ていたが、頭を掻きながら卓に戻り

「冷てえな」

と一言言うと牌を積んだ。俺は、当たり前だ、と呟くと灰皿に煙草を押し付け、卓を囲む他の二人に笑って見せた。二人とも俺を見、畑村を見ると苦笑した。四つの山が卓上に積まれると畑村は何を思ったか、

「出前でも取るか」

そうぽつりと言い、自分の手元に置いてある携帯を取った。その言葉に俺も部屋にいる他の四人も不思議そうな顔を畑村に向けた。畑村は全員の視線

が自分に集まるのを感じるとにやっと笑い、

「ああ、畑村だけど、今どこ？……うん、じゃ、ジュース買ってサークル室まで来て」

電話に向かってそう喋りだした。俺は奴の言葉でまた哀れな後輩が一人誕生したことを悟った。学内にいる後輩に電話して出前も何もあったもんじゃない。俺は苦笑しながら煙草の箱を開けた。中にはもう煙草が二本しか入っていなかった。俺は舌打ちをすると一本取り出し火を点けた。

「……何か、いるか？」

ふと畑村は携帯を自分の顔から離すと俺たちにそう言った。俺を見て奴は笑っている。おそらく気がついたのだろう、俺の煙草が残り少ないことに。俺は黙って煙草の箱を持ち上げる。卓を囲む二人はそれぞれ飲む物を、マンガを読んでいた一年生はカップ麺を、と言い、最後に茜が、

「何か、お菓子でも食べたくないですか？」

そう言った。畑村はそれぞれを電話の向こうに伝えると電話を切った。

やけに嬉しそうな畑村を見ながら俺は何がそんなに嬉しいのかよく分からなかった。もっとも、コイツだけはどんなにくだらないことでも楽しそうにやる男だったので俺は特に気にもしなかった。畑村が唯一楽しそうにやらないこと、それは勉強だけだった。気がつくとマンガを読んでいた一年生が畑村の隣に座りこたつに足を突っ込んでいた。畑村は彼をちらっと見るとすぐに視線を卓上に戻し俺にこういった。

「しかしお前らもひどいことするよな。四年生捕まえてパシリに使うんだからな」

俺は奴の切った牌を見ながら、何？と思わざるをえなかった。四年生？何のことだ？さっきの口調だとどう考えても同学年か、後輩と電話をしてるようにしか思えない。なおかつ奴はそういう用事で同学年は使わない。それ故に俺は奴が電話したのは後輩だと思ったのだ。

「何言ってるんだ？　お前のさっきの口調……」

俺がそこまで言うといつの間にかテレビを消した茜が俺の隣でこたつに足を突っ込んでいた。彼女も畑村の言葉に奇妙な物を見るような顔をしていた。俺と茜だけではない、畑村を除く他の者すべてが畑村に不思議そうな顔を向けていた。畑村はその視線たちを満足そうに受け止めると言った。

「賭けで勝ってね。今日一日、俺の命令に絶対服従なの」

そう言ってから畑村は一人の先輩の名前が出ている携帯のメモリーを俺たちに見せた。リダイヤルで表示させているその画面には、確かについさっきの時刻が表示されていた。畑村は悪戯《いたずら》が成功した子供のように満面の笑みを浮かべていた。

「おい、じゃあ、今から来るのって……」

俺はペットボトルの紅茶を飲むとそう言った。周りの誰もが同じ事を考えていただろう。

畑村は一人、何事もなかったかのようにそう言うと麻雀牌を卓上にきっていた。

「うん、そうだよ」

その日の夜、俺は畑村と茜と学校の側にあるファミレスにいた。勿論、俺も茜も機嫌がいいわけがなかった。ただ一人、畑村だけがにこにこしながらメニューに目を向けていた。

あのあと、不幸な先輩は畑村に言われた通りの買い物をすませサークル室へと顔を出した。当然俺を含む畑村以外の人間は彼にひたすら謝り続けた。その様子を畑村はただ笑いながら見ていたのだ。さらには俺たちに、お望み通りだろ、とまで言ったのだ。ここまでやられるとさすがに俺でも笑えなかった。

そして俺は、奴に罠にかけられてやった代償として晩飯を奢らせることにしたのだ。茜は畑村に今日のバイト代を出せ、と言ってここにいる。それでも奴は笑っていた。その程度であれだけ楽しめれば構わない、とでも言いたげなのである。俺はそんな畑村の様子を半分呆れながら見ていた。

「さ、何でも好きな物、食ってくれ」

畑村は自分の注文が決まったのか、メニューを俺に渡すとにっこりと笑ってそう言った。

俺はテーブルの上の灰皿を手元に引き寄せつつ、渡されたメニューを見ようともせずに茜に渡した。メニューを見ない俺に茜はちょっと首を傾げたがすぐにメニューに目を移した。何を頼もうか、いつもより悩んでいるようにも見える。サークルで飯を食いに来るときにはそれほど悩まないように思えたのだが、などと考えつつ俺は煙草に火を点けた。正面では畑村が笑顔を浮かべている。

「本当に、何頼んでもいいんだな?」

俺は改めて確認するようにそう言うと煙を吐き出した。俺のその言葉に畑村は笑顔のまま頷くと、メンソールの煙草を取りだし火を点けた。奴がいつも吸う煙草だった。あのすっとする感覚が俺はどうも馴染めなくていつも普通の煙草を吸っているのだが、畑村に言わせればアレがいいらしく、もうメンソールではない煙草は吸えない、とまで言い放っていた。

「決まりました」

茜はそう言ってメニューをテーブルの脇に置いた。俺はテーブルに置いてある店員を呼び出すスイッチに手を触れながら、

「じゃ、呼ぶぞ？」

そう言うとスイッチを押した。どこかで間の抜けた玄関の呼び鈴のような音が響く。近くの天井付近に付けられた電光掲示板にテーブルの番号が浮かび上がり、オーダーを取るときによく見かける機械を持った女の子がにこやかにやって来た。マニュアル通りの、ご注文はお決まりですか、の声とともに

に。俺は腹の中で、決まってなければ呼ばないだろ、とか思いつつ、他の二人が注文をすますのを待った。畑村はハンバーグにライス、茜はパスタを頼み、この時とばかりに普段は頼むこともないデザートまでを注文していた。俺はその様子に苦笑しながら、メニューの中で一番高いステーキのセットとコーヒーを頼んだ。これだけは常に俺の頭の中にあった。何故なら、普段何かの賭けやちょっとした勝負に負けるたびに畑村に奢らさせられていたものだからだ。俺はオーダーを取り終わったウエイトレスの女の子が去っていくのを見てから畑村に言ってやった。

「今日は立場が逆だな？」

俺のその言葉を聞くと畑村は苦笑しながら煙草を消して言った。

「ま、普段奢ってもらってるからな」

俺はその言葉を聞き満足すると、灰皿に煙草を押し付けた。隣に座っている茜も少し機嫌が良くなったのか、畑村に言った。

「でも、大丈夫なんですか、お金？」

畑村はその言葉に、にやっと笑う。俺は奴の笑顔を見て嫌な予感が脳裏を駆けめぐった。

畑村はズボンのポケットから財布を取り出すと札入れの部分を開いて俺たちに見せた。中ではたった一人の夏目漱石が俺たちを見て笑っていたように俺には見えた。畑村は啞然としている俺と茜に笑うと財布をしまった。

忘れていた。畑村はこういう奴なのだ。いついかなる時でも誰かを罠にはめようと企んでいる。しかしそれでいて人から恨まれるような奴ではない。随分得な人間だ、そう思いながら俺は思わず吹き出してしまった。昼間の一件は奴の中ではここまでの布石でしかなかったのだ。吹き出す俺を不思議そうに見る茜を横目に、俺は自分の財布をとりだした。中には福沢さんが三人ほどいらっしゃった。ちょうど昨日がバイトの給料日だったのだ。畑村は俺が昨日銀行から金をおろしたのを見ていた。すべて完璧に奴の思惑通りにことが運んだのだ。

「しょうがねえな、今日は貸しといてやる」

俺は笑いながら畑村にそう言った。畑村はすべてが自分の計画通りにいったことに満足するかのように頷いた。茜は既に完全に呆れ顔で自分の料理の到着を待っていた。


俺の目の前には死体の山があった。俺はその山の一番上に横たわっている死体に、自分の右手に持った真っ赤に染まったナイフを突き立てていた。何度も何度も。突き立てるたびにその死体から熱い深紅の液体が飛び散り、俺の顔といわず身体といわず俺を真っ赤に染めていった。俺は笑いながら俺の右手とその手に握りしめたナイフを赤く染めているどろりとした血液を眺めた。俺はにこにこと笑いながら再びナイフを死体の胸に突き立てる。ざくり、という感触とともにナイフは死体に深く突き刺さる。

ふと俺は死体の顔が気になった。コイツも笑っているのだろうか？　周りの物言わぬ骸たちは皆満足げに笑っていた。その中には俺の知り合いの顔もあった。畑村に言われて俺を呼びに来た茜が随分下の方でにこやかに死んでいた。俺がナイフを突き立てている死体のすぐ隣では畑村が、俺を罠にかけた後に見せる会心の笑みで笑っていた。二人ともその体中を真っ赤に染めながら。俺は二人に笑顔を向けると再び目の前の死体に目を向けた。さっきは気づかなかったがどうやら女のようだ。仰向けでこちらを見ている女の顔はやっぱり笑っていた。

刺さっているナイフを力一杯引き抜き、返り血を全身に浴びせる。顔にかかった血液を手で拭い去ると手にべったりとした嫌な感触が伝わる。俺は再びナイフを構える。目の前にいる死体はあの翼の生えた女性だった。ああ、君だったのか。俺はそう思うと満面の笑みを浮かべ空を仰いだ。厚い雲が空を覆い、上空を黒い鳥たちが旋回していた。地平線の先には何も見えず、辺りの草原は転がる死体の群れに覆い尽くされていた。

俺がすべてやったのだ。

ふと俺はそんなことを思い、笑いが止まらなくなった。声をあげて笑いながら死体の山の上に膝をつく。ぐしゃりという感覚を膝に覚えると俺の下にいる死体が関節をおかしな方向に曲げていた。俺は手に持ったナイフを見つめ、こびりついた血を手近な死体で拭き取ると思い切り振り上げ、翼の女性に突き立てた。刃物が肉を切る感触をその手に味わいながら俺は目の前の女性の顔を見た。翼は今、彼女自身の血液で赤く染まり、重苦しそうに見えた。これじゃもう空は飛べないね。俺は笑顔を浮かべたまま彼女にそう呟く。俺の目の前で横たわっている女性は綺麗な人だった。その顔に浮かんだ笑顔が彼女にはとてもよく似合っているように、俺には思えた。何故俺は彼女を？

そう思ったとき、

「あなたの望んだことでしょう？」

突然、彼女は目を開き、俺にそう言った。俺は彼女の顔を不思議そうに見ながらナイフから手を離した。俺が望んだこと？　俺は彼女の言葉を頭の中で繰り返した。俺が何を望んだ？　俺はそう思いながら彼女を見る。

彼女の言葉に俺の中で眠っていた例の不安感が目を覚まし、急激な勢いで増殖し始めた。一瞬で俺の精神は不安定な不安感と不快感に支配された。心臓の鼓動は早くなり押しつぶされそうな感覚が俺を襲う。彼女は相変わらず微笑みを浮かべたまま俺の方を見て、

「だってとっても楽しそうだったじゃない？」

そう言った。

その言葉に俺ははっとして自分の手を見た。真っ赤に染まった俺の手。身体に付いた血液は既に乾き始め、落とそうとしても落ちなかった。俺は慌てて近くの死体に自分の手を擦り付けた。だが、付着した血液は落ちるどころかさらに俺の手を赤く染めた。俺の脳はすべての神経と繋いでいた手を離し、

頭蓋骨の中の無重力に揺れ始めた。

「どうして……」

俺は何が何だか分からず辺りを見回す。動いているのは俺一人。転がっているのはすべて死体。俺は自分の頭を抱えてうずくまった。何故、と自分に問いながら。

「みんな、お前がやったんじゃないか」

ふと畑村の声が聞こえた。奴は目を開くと俺の方を見てそう言ったのだ。俺は狼狽した。

違う、俺じゃない！

俺は両手で頭を抱えたままそう叫んだ。いや、叫んだ声は出ず、ただ口がぱくぱくと動いただけだった。死体の上に膝をついたまま俺は空を仰ぎ、声のかぎりに叫ぼうとした。俺じゃない、と。しかし声は出なかった。俺が叫ぼうとするたび、死体の瞳が開き俺に声をかけた。

「みんな、お前がやったんじゃないか」

俺はその声を聞きながら、微笑む集団の中で一人声を出せずに叫んでいた。響くような死体たちの声の中、出せない声を張り上げ、俺は彼らの言葉を否定し続けた。血で染まった身体を振るわせ、地平線の彼方まで届くように。

だが俺の声はやっぱり出なかった。俺を完全に押しつぶそうとする圧迫感に俺は耐えながら、それでも声を張り上げようと喉を開き天を仰いだ。

ふと死体たちの声が鳴り響く音に変わった。葬式で鳴らす教会の鐘のような、けたたましい物音に。

「……またか」

俺は自分の頭の側で鳴り続けている目覚ましを乱暴に止めるとそう呟いた。

午前九時。

嫌な夢だった。たとえ夢であっても人を殺す夢を見て、ああ、よい気分だ、なんて言える奴もいないだろう。

俺は全身に寝汗をかいていることに気が付いた。真冬だというのにだ。エアコンは寝る前に止めた。ならばこれは冷や汗だろう。普段なら別に気にもしないのだが、全身に血を浴びた夢を見た直後のことだ。俺は何とも嫌な気分になり血液の感触を思わせるこの不快な汗を落とすためにシャワーを浴びてから大学に行くことにした。

ふと目を向けると携帯が俺に着信があったことを伝えていた。見ると知らない電話番号が出てきたので俺はかけ直すのも鬱陶しく思い、電話を敷きっぱなしの布団に放り投げ風呂場に足を向けた。

俺の部屋は狭い。風呂場も当然ユニットバスだ。掃除というものを滅多にしないせいか、結構な汚れ具合だ。俺はまた今度掃除でもするか、とか思いつつ着ている物を脱ぎ捨てると風呂場の扉を開け、気温の低いその中に入っていった。空の浴槽に入り水よけのカーテンを閉める。それからシャワーの頭を空の浴槽の中に落とすと湯の温度を調整する。暖かい湯が出始めると俺はほっと息を吐き、全身にその湯をかけた。

寒いのは季節のせいだけじゃなかった。妙な夢も手伝っている。冷たい妄想に支配された俺の身体を溶かすように湯は流れ続けた。全身を伝う湯が俺を縛り付ける不安感を洗い流していくような気分を俺は味わった。ホラー映画ならここで血が流れてくる頃だが、いかんせん風呂に入っているのは色気もない男。誰も俺の叫び声など聞きたくもないだろう。

そんなことを考え、俺は思わず苦笑した。ありえない、あるはずがない、そんなことを口にすると真剣な顔で抗議する男が俺の身近には一人いるのだ。そう、畑村和彦、その人だ。今まで起きていない事象はたまたま起こらなかっただけで、これから先いつ起きるか分からないんだ、というのが奴の持論だった。

べったりとした汗の感覚が身体から消えると俺はシャワーを止め、バスタオルで軽く身体を拭くと風呂を出た。身体を拭き、タオルを頭に持っていったとき、俺は自分が使っているタオルの柄が気になった。こんなに赤い柄のタオルは見覚えがない、俺は頭にのせたタオルを目の前に持っていき、じっと見つめた。所々に赤い点が付いている。俺はしばらくそれが何だか分からず、ただじっと見ていた。

「……血？」

俺はタオルに付いた赤い柄を見ながら呟いた。柄に手を触れるとねっとりとした感触が伝わる。柄に触った指をかえすと俺の指は血に濡れていた。鼻血でも出したのだろうか？　そう思いながら俺は自分の身体に血が付いていないか見た。俺の身体にはシャワーの水滴の代わりに血の粒が至る所に付いていていた。

一瞬何が起こったのか分からなかった俺は、すぐに鏡を覗き込んだ。鏡の中には血に染まった俺の顔があった。俺は信じられないものを見るような顔で鏡の俺をただ見つめていた。ふと鏡の中の俺がにやっと笑ったように俺には見えた。刹那、俺はあの嫌な感覚がまだ眠ってはいないことに気がついた。

俺はとっさに鏡を布団に投げ捨てるとバスルームの扉を開けた。そんなはずはない、ありえない、と自分に言い聞かせながら。

湯気に包まれたバスルームの中、俺はさっきまで使っていた浴槽に目を向けた。そこには落ちた俺の髪の毛と、流れきれずに浴槽の底に残った湯が少しあるだけだった。壁に付いているのもただの水滴、鏡は湯気で真っ白になっている。俺はゆっくりと息を吐き出すと軽く首を左右に振りバスルームを出て、さっき投げ出したタオルを掴む。バスタオルに赤い柄などはなく、少し水を吸って重くなっているだけだった。俺は今度は鏡を手に取った。そこにはいつものように映る俺の顔があるだけだった。

俺は再び鏡を布団に放り投げ、まだ拭き終わっていない身体を拭いた。奇妙な不安感にいまだ包まれていることに俺は気がつき、服を着ると煙草に火を点けた。ゆっくりと吸い込んだ煙が脳の後ろの方へ広がっていくような感覚。ああ、俺は今確かに現実に生きている。

俺はそんなことを思うと何だかやけに可笑しくなった。昨日床の上に落としたままの吸い殻を拾い上げるとそのままゴミ箱に放り投げ、一人声をあげて笑いながら、くわえた煙草の灰が落ちそうになったのを見て慌てて灰皿を手に取った。吸い殻の山は夢で見た死体の山に見え、俺はそれをゴミ箱の中に乱暴に投げ捨てた。

空いた灰皿に灰を落とし、冷凍庫の付いていない小さな冷蔵庫を開け、中から一・五リットルのスポーツドリンクを取り出した。片手でキャップを開け、ボトルを持っているのとは別の手で煙草を持ち、そのペットボトルの中の液体を喉に流し込んだ。その時俺は、無意識のうちに目を閉じていた。中味が血液に変わっていたらたまらない、そう思ったからだ。幸いボトルの中の液体は最後まで普通のスポーツドリンクだった。俺はある程度飲むとボトルに蓋をして冷蔵庫の中に放り込んだ。

その時、布団の上に放り投げた携帯が俺を呼んだ。俺は昨日とは違う音の鳴り方にすぐメールが入ったことを理解した。携帯を持ち上げ受信メールを表示させる。送り主は誰だか分からなかった。俺はそれに奇妙な感覚を覚えつつもメールの内容を見た。

「ミンナ、オマエガヤッタンジャナイカ」

俺はその文面を見ながら背筋が寒くなった。どうやら俺を支配しようとしている得体の知れない何かは、相当寝付きが悪いらしい。誰かの悪戯にしてはさっきの夢と一致しすぎている。俺は携帯を見つめたまま、壊れた機械人形のように固まり動けなかった。

俺が何をした？　俺は何もしていない。

俺はそんなことを思いながら自分の携帯をじっと見つめていた。だがこれを見ていれば事態が変わるわけではない。

俺はその文面の呪縛からかろうじて逃れると、冷蔵庫の側に置いた灰皿を手に取った。そして手に持った煙草を口に運び深く深く吸い込んだ。肺の中にまで煙が入り込む感覚、全身にニコチンが行き渡るような、そんな至福を味わいながら俺は枕元にある時計に目を向けた。午前十時半。今日俺は二限にゼミが入っていた。俺は煙草を灰皿に押し付けると投げっ放しの鞄を手に取り部屋を出た。

ゼミはゼミ棟と呼ばれる建物で行なわれる。ゼミ棟は俺たちのサークル室がある建物のすぐ側のやけに立派な建物だ。

俺がゼミ棟に辿り着いた時、二限はすでに始まっていた。俺はゼミ棟の前で一度立ち止まると一呼吸おいてから建物の中に入った。俺の入っているゼミが行なわれる部屋は、ゼミ棟の二階にある一番端の部屋だった。通り過ぎる他の部屋ではすでに教授が部屋に入っており、何やら話を始めているようだった。俺は自分が行くべき部屋へ真っ直ぐ進み、扉の前で立ち止まった。扉には小さな窓が付いていて中が見えるようになっている。俺はその窓から部屋の中を覗き込んだ。そこで俺が見た物は誰も座っていない椅子が円状に置いてある空の部屋だった。俺は一瞬部屋を間違えたのかと思い扉の横の壁を見る。そこには確かに俺のゼミが行われる部屋番号のプレートが貼り付けられていた。俺はもう一度部屋の中を見た。やはり中に人の姿はなく、俺は首を傾《かし》げながら部屋を後にしようと振り返った。

「あ、今日休講だよ」

そこには俺と同じゼミをとっている女の子が、何か書いてあるコピー用紙のような物を持って立っていた。俺は彼女の言葉を聞き、間抜けな顔で聞き返した。

「休講？」

「うん、電話したんだけど、留守電に繋がっちゃったから……」

失礼な話だが俺は彼女の名前を覚えていない。当然電話番号なんか知らないし、教えた記憶もない。俺がそんなことを考えながら彼女の方を見ていると、彼女は扉にコピー用紙を貼り付けながら言った。

「教授に、名簿に出てる人に連絡してほしいって言われたの」

彼女が貼り付けている紙には大きく〝本日休講〟と書かれていた。どうも教授の字のようだ。俺は貼り紙を見ながら思い出した。名簿、そういえば春にゼミでそんなものを書かされたような気がする。このゼミの教授は何だか忙しい人らしく、他のゼミに比べると休みが多い。俺は勿論それだけの理由でこのゼミに入ったのだ。だが急な休みになることもある。そういう時には部屋で待ちぼうけを喰らうときもある。三十分して教授が来なければ、休講扱い。それがこの大学の決まりだった。

そうと分かればこんな所に長居する理由はない。俺は同じゼミの女の子に礼を言うとさっさとゼミ棟を抜け出した。あるべきはずの講義やゼミが突然休みになるのは何とも気分がいい。

俺は朝から何も食べていないことを思い出すと食堂に足を向けた。食堂にはまだ人がまばらだった。当然だ。まだ十一時半なのだ。二限は十二時半でなければ終わらない。


俺は食券と引き替えに手に入れたたぬき蕎麦を片手に、適当に人から遠く、適当に人から近い席に腰をおろした。朝から何も食っていないのに、何故か俺には食欲がなかった。勿論、この目の前の蕎麦だけでは夜までもたないことは分かっている。しかしどうにも何か食おうという気になれなかったのだ。それ故に簡単に喉を通るであろう蕎麦を昼飯に選んだのだ。

俺は目の前で湯気を立てるその蕎麦をしばらく見つめた後、手に持った割り箸を割り、半ば無理矢理に蕎麦を胃に流し込んだ。不思議なモノでさっきまでその片鱗すら覗かせなかった俺の食欲は、蕎麦を流し込んだ直後に目を覚ました。俺は自分の中の天の邪鬼な基本的欲求に思わず苦笑した。俺はまだ寝ぼけているであろう食欲をごまかすために食堂に置いてある自販機で缶コーヒーを買った。温かいというよりは少し熱いその缶を、手の中で踊らせながら座っていた席に戻る。

食堂は基本的に禁煙であった。が、それはあくまでも基本的に、のことである。見るとあちこちの席からゆらっとした煙が上がっていた。空き缶を灰皿として利用しているのだ。そのことに関して俺は別に何とも思っていない。当然、俺もそうすることがあるからだ。

俺がそこに座る前に座っていた誰かが残していった空き缶を手に取る。開いた飲み口の周りに、押し付けられた煙草の灰が付着していた。俺は自分のポケットから煙草を取り出すと火を点けた。近くに食事中の人間がいないため、誰にも遠慮する必要はない。深く吸い込んだ煙をゆっくりと吐き出し、テーブルの上で俺に開けられるのを待っている缶コーヒーを手に取った。プシュッという音がして缶の中から缶コーヒー独特の甘ったるい香りが漂ってくる。俺はまだ熱いそのコーヒーを慎重に口に運ぶと、少し長くなった灰を空き缶に落とした。

ほんの少しだけ俺はこの空間にほっとしていた。鬱陶しく感じられる人との接触もなく、ただ呆然と自分が吐き出した煙の行方を俺は眺めていた。それほど高くはない天井まで届かずに空気の一部に変化していく紫煙を眺めていた時、ふいに俺は背後に人の気配を感じ、振り返った。

「何やってんだ?」

そこには、にこにこしながら俺にそう言う畑村の姿があった。俺は自分の腕時計を見ながら言ってやった。

「俺はゼミが休講だったんだよ。それよりまだ二限、終わってないぜ?」

俺の言葉ににやっと笑うと畑村はおもむろに俺の正面の椅子を引き、そこに座ると煙草の箱を投げ出して言った。

「あんまりつまらなかったから、出てきた」

畑村はそれは楽しそうな顔をしてそう言うと、自分の煙草を一本取り出し、俺の目の前のコーヒーに手を伸ばし、サンキュー、と呟いて一口飲んだ。俺は奴に、ああ、とか適当な返事を返すと煙草を空き缶に押し込んだ。完全に消えなかった煙草が缶の中から真っ直ぐに立ち上る煙を上げていた。俺はその煙を何気なく見ていたが、すぐに畑村の方に顔を向けた。

「昨日の金、いつ返すんだ？」

俺は今日が畑村のバイトの給料日であることを知っていた。こういう時にでも言っておかないとそのまま奢らさせられる危険性があった。

「あ、ああ、近いうちにな」

畑村は苦笑しながらそう言うと、さっき取り出した煙草に火を点けた。俺も自分の煙草に火を点けると、煙と一緒に溜息を吐き出してから言った。

「お前、今日給料日だろ？」

俺の言葉を聞きながら、畑村は顔を横に向けて、よく映画で見かける細長く伸びるような煙を吐き出した。真っ直ぐに伸びた後ゆっくりと昇っていく煙を見ながら、俺は奴の答えを待った。畑村はゆっくりとした動作で空き缶に灰を落とすと少し真剣な顔を見せた。

「……実はな、オヤジがちょっと借金しててな」

俺は畑村のその言葉に息を呑んだ。普段そんな素振りも見せてはいない奴の背景にはそういう事情があったのか、それならばジュースの一本も買わない奴の姿も納得がいくような気がした。俺は小さく溜息をつくと言った。

「しょうがねぇな、いつでもいいよ」

俺のその言葉を聞くと畑村は俺に奴独特の例の笑顔を見せた。

何故そこで笑う？　そりゃ、気持ちは分からないでもないが笑える場面じゃないだろう？　俺はそんなことを思いながらまだ空き缶から立ち上っている煙を少しだけ鬱陶しそうに見つめた。

「いやぁ、言ってみるもんだな。オヤジがオフクロから金借りてる話でも」

畑村は椅子の背もたれに心持ちもたれかかるとそう言って、天井を見上げ煙草の煙を吸い込んだ。俺は奴の言葉を理解できずにしばらく脳の活動が停止していた。空白。思考が加速しない。いや、まさに停止状態だ。

「どうした？　よくある話だろ？」

畑村は呆然としている俺に、これ以上楽しいことはないというような笑顔を向けてそう言うと、煙の上る空き缶に自分の煙草を押し付けた。

俺はそこですべてを理解した。何のことはない、よくある家庭の話だ。その話を聞き、俺が勝手に勘違いしたのだ。俺は少しだけ怒ったような表情を自分の顔に浮かべると、いつの間にか畑村の目の前に引き寄せられていた缶コーヒーを自分の手元にぐい、と引き寄せた。気がつけばほとんど畑村に飲まれている。俺は大きく溜息をつき、煙草をくわえそれの先端に火を点ける。一瞬間をおき、ゆったりとした煙が立ち上る。その煙の先を眺めながら言った。

「今日返せ」

俺のその言葉に畑村は苦笑しながら頭を掻くと、自分の煙草の箱を手の中でくるくるともてあそびながら、

「いつでもいいって言ったじゃないか？」

と言い、俺に満面の笑みを向けた。さらに小さく、男に二言があるのか、と付け加える。

俺は畑村ににやっと笑って見せた。知らないのも無理はない、もっともそんなことは常識の範囲内のことだが……。俺は、そう思いながら笑う俺に少しいぶかしげな表情を向ける畑村に言ってやった。

「民法じゃな、詐欺による意思表示は取り消せるっていうのがあるんだぜ。さらに付け加えれば刑法じゃ詐欺に対して十年以下の懲役を科すことになってる」

言っておきながら、自分でもよく覚えている、と思わず苦笑してしまった。

どちらの講義もあまりのつまらなさにまともに講義には出なかったのだ。ちなみに俺も畑村も法学部である。同じ学部で俺よりも単位の少ない奴が覚えているとは俺は思わなかった。

「民法第九六条、刑法第二四六条だろ？　常識じゃないか」

畑村は俺にさらりとそう言うと、ワザと呆れたような顔をして見せた。俺は奴の口から出た言葉に信じられないものを見るような顔を向け、言葉を発することができなかった。それが第何条かなんて覚えている奴の方が少ない。何でコイツはそんなことを覚えてるんだ？　と俺が不思議に思っていると、奴はそれこそ本当に楽しそうににやつきながら言った。

「今持ち合わせがないんだ。後でサークル室で返すよ」

俺は畑村のその言葉を聞いて、ようやくここまでが奴の罠であったということに気がついた。奴はそこまで考えていたのだ。今日俺が奴に借金の催促をすること、それに対するほんのちょっとした言い訳、小さな種明かし、俺がさも当たり前のようにひけらかすうろ覚えの知識。

　どこまでも用意周到な奴だ。俺は畑村の顔を見ながらそう思うと、どうしても笑いをこらえることができなかった。昨日の時点から今日の今この時まで、俺は奴の罠に完璧にかかり、まるで釈迦の手のひらで踊る猿のように、畑村の手のひらで踊っていたのだ。俺は何とか笑いを抑えると、今にも重力に引かれて床にたたきつけられそうな灰を空き缶に落として、言った。

「ちゃんと返せよ」

　その言葉に畑村はにやついたまま頷いて自分の時計を見る。俺も奴のその仕草を見て辺りを見回した。気がつけばいつの間にか食堂は人で溢れていた。ちょうど昼時、一番ここが混む時間を俺の時計は示していた。畑村はさぁてと、と呟くと席を立ち上がった。そのまま食券の自販機の方を眺める。飯を買いに行くのだろう。俺はたぬき蕎麦の亡骸をずいと畑村の方に押しやった。畑村は苦笑しながら熱を失ったその空の丼を持って返却口に向かった。

しばらく俺は辺りの様子を眺めながら煙草をふかしていた。よくもこれだけの人が集まるものだ、そんなことを思いながら辺りを眺めていると畑村がやけに豪華な昼食を持って帰ってきた。もっとも豪華とはいえ所詮学食、何処かの高級レストランなんかと比べてはいけない。ハンバーグにエビフライ、茶碗に盛られた飯、それに小さなサラダ、それらの乗った盆を畑村はテーブルに置く。俺は畑村が席に座るのとほぼ同時に短くなった煙草を消した。

畑村はご丁寧にその飯の前で一度手を合わせると箸を持った。この前は胸の前で十字を切っていたし、その前は何だか分からない祈りを捧げていたのだ。その様子に俺は苦笑し、もうぬるくなっている残り少ないコーヒーを飲みきった。そして畑村の目の前の皿に置かれたエビフライを一つ摘まみ口に運ぶ。畑村は俺のその様子ににやりと笑い言った。

「今お前が食ったエビな、後でジュース一本で売ってやる」

俺は口の中にエビを入れたまま、分かった分かった、と首を縦に振る。そんな俺の様子にうんうんと頷くと畑村は恐ろしいスピードで飯を食い始めた。いつものことながら俺は奴の食事の速さに半ば呆れ、半ば驚嘆の視線を向けていた。あっという間にサラダまで食いきった畑村は満足そうな顔をすると、自分の煙草を一本取りだし火を点けた。俺はいつものこととはいえそのあまりの速さにやっぱり驚きながら煙草をくわえ、

「そんな食い方ばっかりしてると早死にするぞ」

そう言うと煙草に火を点けた。先端がじりじりと燃える様子に一瞬目を奪われる。巻かれた紙の中から姿を現す火の塊、灰になっていく赤い火。

「人間なんて死ぬときに死ぬのさ」

畑村は分かったような分からんようなことをぽつりと言うと、細い煙を吐き出した。俺は奴が吐き出すようなその煙の吐き出し方を、何度も真似てみようとしたがいまだにできていなかった。いつだったか口笛を吹くような口になっていた俺を見て畑村はにやにやと笑いながら言ったのだ。煙と音を同

時に出すなんて随分器用だな、と。

俺はそんなことを思い出しながらぼんやりとした煙を吐き出した。目の前でふわりと広がった煙がゆっくりと四散して昇っていく。ゆったりとした時間が俺を支配していた。俺は溶け出したバターのようなそんなどろりとした時の流れを感じながら、目には見えない何かに焦りを覚えていた。

「……ちっ、そろそろ三限が始まるな」

畑村が時計を見ながらそう呟くのを聞いて俺は辺りを見回した。ついさっきまでテーブルというテーブル、椅子という椅子を占領していた人間の群れはいつしかその数を減らし、残った人々も席を立ちかけていた。俺の目の前で立ち上がる畑村を見ながら、俺はふと今朝携帯に入ったあのおかしなメールのことを思い出した。

コイツなら、俺に理解のできないこの現象の答えを見つけてくれるかもしれない。

俺はそう思い、慌ててズボンのポケットから、俺と他人とを結ぶ、鬱陶しくも手放せない、ある種の不愉快さを感じさせる便利なものを取り出した。

畑村は俺が携帯を取り出す様子を何も言わずに見ていた。

「今朝、妙なメールが来たんだ」

俺はそう呟くと、受信メールを呼び出すべく手の中のその小さな機械をいじる。ボタンを押すたびに聞こえる電子音……。俺はなかなかメールを表示しない小さな相棒に苛々しながら画面を見つめた。

「妙なメール？」

畑村はそう言うと俺の背後に歩いてくる。

俺は表示された一番新しいメールを見てひどく狼狽した。そこにあったのは今朝俺が見たあの奇妙なメールではなく、以前畑村が俺に送ってきたメール――〝明日は晴れるかなぁ？　別に雨でもいいんだけど〟などという、別の意味でわけの分からないものだった。俺は慌てて他のメールを探る。だが、いくら探しても俺のこの小さな相棒の中にはあのメールは入っていなかった。俺は慌てて畑村を振り返った。奴は俺に向かい苦笑しながら言った。

「おいおい、寝ぼけるなら布団の中でやってくれ」

俺は苦笑する畑村を見ながら必死で言った。

「寝ぼけてなんかない、確かに入ってたんだ」

俺のその様子に、奴は相変わらず苦笑したままテーブルの上の自分の荷物を持つと、

「じゃ、寝ぼけてるうちに消しちまったんだろ？」

そう言って食堂を去っていった。


俺は小さくなっていく畑村の姿を見ながら考えていた。消した？　そんな覚えはない。それにあのメールは確かに入ったんだ。さっき感じた何かに対する焦りが自分の中で大きくなっていくのを俺は感じた。何だか分からない

ものに対する焦りと不安を感じ俺は目眩を覚えた。俺の知らないところで俺の知らない何かが俺を狂わせている――そんな錯覚を感じ、俺は辺りを見回した。食堂の中には既に人の姿はなかった。

「ミンナ、オマエガヤッタンジャナイカ」

ふと聞こえる声に俺の中の焦りと不安は最大限に膨れ上がった。辺りに人はいない。では、これは何の声だ？　俺は考えていた。もし、今がこの世界のすべての人間を俺が殺し終えた後の瞬間で、さっきまで見ていたのが夢ったのだとしたら……そんなはずはない。俺は自分にそう言い聞かせると目を閉じて頭を左右に振る。しかし脳の中ではあの風景、そう、真っ赤な血で染まったあの草原の風景が浮かび上がっていた。慌てて目を開くとそこは人のいない食堂だった。

俺は自分の額にぬめりとした汗が浮かんでいる感触を覚え、この世の終わりを迎えた最後の人類のような表情をしながら汗を手で拭った。べったりとした感覚、嫌な予感が脳裏をかすめ、俺は自分の手を恐る恐る見た。そこには透明に光る汗ではなく、天井の蛍光灯の光を反射させる深紅の液体が付着していた。その液体が放つ独特の臭気に顔を背けると俺はゆっくりと目を閉じた。

次に目を開けるときにはそこにあるのは忌まわしく俺の手を染める赤ではない、ただの不快な汗が付いているだけだ。俺は自分の中で強くそう思った。神に救いを求める者のようにただひたすらに。だが、俺の目に映ったのは汗ではなく、臭気を放つ真っ赤な血液だった。俺はひたすらにうろたえながらその手をズボンで拭った。べたっという嫌な感触とともに俺の掌から赤い液体が落ちるのを感じると、俺はテーブルの上の鞄をひっ掴み食堂から逃げるように走り出し、外に出た。

食堂を出た俺はふらふらと、まるで二日酔いのまま講義の行なわれる部屋に向かう学生か、夢遊病者のように大学の中庭へと出た。芝生の生い茂った中庭を切り裂くように幾つかのアスファルトの道があり、そこには半円状のベンチが数個置いてあった。俺は今までこんな所にあるベンチを使う人間がどんな人間なのか知らなかった。ベンチなんかに座るより芝生の上の方がいいと思っていたからだ。だが、俺は今日初めて知った、このベンチが誰のためにあるのかを。そう、俺のような人間のためにあるのだ。

俺は手近なベンチに鞄を投げるとその側に崩れるように座り込んだ。俯《うつむ》いたまま自分の頭を両手で抱え、アスファルトの地面を見つめる。手に付いた液体は既に拭ってあったが、その手にはまだあの嫌な感触がありありと残っていた。

俺は、手を頭から離し、自分の目の前に持っていった。今はその手には何も付いてはいなかった。俺は少し落ち着きを取り戻すと、自分の中の焦りと不安を消すために辺りを見回した。見たかぎりではそれほど広くもない庭だが歩くと結構広い。夏場にはここで昼寝をする者もいる。勿論俺もその一人だ。所々土が見えているのはキャッチボールやサッカーをした跡だろう。当然、俺もサークルの奴らとやる。そんなことを思いながら俺は昼間にしては辺りがやけに薄暗いことを感じ、ふと空を見上げた。上空では一面今にも泣き出しそうな厚い雲が太陽を隠し、光という光をすべて遮っているように見えた。

俺はその切れ間のない雲の中、こっちを見下ろしている影を見つけた。その影は徐々に俺に近づいてくる。俺はそこにあの翼の生えた女性を見た。彼女はその白い翼をはためかせながら俺に微笑みを見せていた。俺は彼女を見たとたん、不思議な安心感に包まれ、彼女に心からの微笑みを浮かべて見せた。俺は彼女の翼が光に輝いていないのが少し残念だったが、それでも失せかけた負の感情にほっと息を吐くと視線を再び地面に戻した。地面は色鮮やかな芝の緑色から目を刺すような深紅へと変わっていた。失せきっていない不安感が再び俺の中で活性化するのを感じ、俺は瞳を閉じた。

そう、妄想だ。何かの間違いだ。そう思うと俺はゆっくり三つ数えてから自分の眼球を覆い隠している瞼《まぶた》をゆっくりと退かせた。目の中に飛び込んでくるのはいつもの見慣れた大学の中庭、そう願いながら。

次の瞬間、俺の願いは誰にも、何にも届かなかったことを知った。目の前の芝は相変わらず赤く染まっていて、あまつさえあの胃の奥を刺激するような異臭まで漂わせていた。俺はさっき胃の奥に流し込んだ物が逆流するのを何とかこらえつつ口の中に広がる嫌な酸味を味わいながら再び暗い空を見上げた。そこには微笑みを浮かべて俺を見ている彼女がまだいた。いつしか彼女の翼は深紅に染まり、したたり落ちそうな質感を見せていた。

俺は彼女を呆然と見上げていた。彼女は相変わらず俺に微笑みを見せていたが俺は彼女に微笑むことができなかった。少しでも気を抜くと俺の意志に反して中の物を吐き出そうとする胃と格闘しながら、それでも必死に彼女を見つめていた。

ふと俺を囲む空気の湿気が増えたような気がした。ああ、雨が降るんだな。俺はそう思いながら彼女を見つめていた。一瞬彼女が不思議そうな表情をその顔に浮かべた直後、俺は自分の頬に水滴が当たるのを感じ、無意識に手で拭った。雨はべったりとした感触を俺の手に残した。手に広がったらしいその雨を俺は何気なく見つめた。俺の手はさっきと同じように真っ赤に染まっていた。

俺は思わず声をあげそうになっていた。何故だ、と。そんな俺に翼の女性はにっこりと微笑むとどこか遠くを見つめ、ゆっくりと飛び去った。俺を置いて消えてしまう彼女にすがるような表情を向けながら彼女が消えていく様を見つめた。そして、耐えられないほどの心臓を押しつぶすかのような圧迫感、今すぐ俺が消えてしまいそうな不安感に襲われて、手元の鞄をひっ掴み大学を走り抜けた。

駅から自分のアパートまで、降り注ぐ血の雨を全身に受けながら俺は必死に走っていた。まるでこのおかしな世界から逃げ出すかのように、自分の足をひたすら前後に動かした。血を吸った服は鉛のような重さを俺の身体に押し付け、走るたびに靴はぐちゃぐちゃという血の感触と音を俺に伝えた。ドアの前で腕を滴る血液を、何度も服の赤く染まっていない部分に擦り付けると、俺は震える手で鍵を取り出しドアを乱暴に開けた。髪の毛から落ちる赤い滴、玄関を濡らすその色を俺は極力見ないように靴を脱ぎ捨て、床が赤く染まるのも気にせず、靴下も脱がずに部屋の中に駆け込んだ。全身をびっしょりと血で濡らせた俺は、いつもと変わらない服や雑誌やその他あらゆる物が床を占めている、呆れるほど自分の色を残している部屋で、天井を映し出している鏡を蹴っ飛ばした。見たくなかったのだ、血に濡れた自分の姿を。

俺は手に持った鞄を適当に放り投げるとポケットの中で自己主張する小さ

な相棒を取り出した。血に染まった俺の手の中で携帯は音を出さずに震えていた。俺はそれを部屋の隅の洗濯物の山に放り投げた。しばらく震えていた相棒はやがて自己主張を止めると完全に沈黙した。

俺は血の滴をぽたぽたと垂らす服を脱ぎ捨て、手近な所に転がっている抜け殻に手を伸ばし、その抜け殻に身を包んだ。そして、投げ捨てられていたタオルを鷲摑みにするとぎゅっと目を閉じて乱暴に髪を乾かした。何もかも見たくなかった、このおかしな世界の産物は。

俺はばったりと布団の上に倒れ込み、視界に映る今は黙った相棒の姿を眺めていた。着信を知らせているディスプレイ……。俺は今この世の誰とも話したくはなかった。鉛のように重い身体という器の中に軽やかな魂だけが押し込められ、完全に閉じ込められたような閉塞感を俺は覚えていた。そう、俺の魂は閉じ込められているのだ、この狂った世界の狂った身体に。しばらくそのままに、暗い部屋の中に倒れている鉛の中で、俺の鉛の瞼はすべてを忘れさせるかのようにゆっくりと蓋を閉じ始めた。


俺はまたあの場所にいた。地平線の彼方まで死体の転がるあの草原に。そして今俺はもうろうとした意識のなか、死体の山のてっぺんで仰向けに転がり、どんよりと曇った空をただ見つめていた。

空は今にも泣き出しそうだった。辺りにあの黒い鳥たちの姿はなく、俺はまたあの血の雨に濡れるのだろうかと、ふと恐怖にも喜びにも似た感情とともにそう思った。

ぽつりぽつりと俺の身体を透明な水滴が濡らし始めた。降ってくるその雨を眺めつつ俺が、ああ、これは普通の雨だ、と安心するような悔しいような、そんな妙な感情に囚われていると視界の隅に人影が現われるのを俺は見た。

俺は人影ににっこりと笑いかけ、動かない身体を鬱陶しく思った。やはり鉛の身体じゃ動きづらい。動くことが叶うなら今すぐにでも彼女の側に行きたい、行って彼女を抱きしめたい、腹の奥底から突き上げるようなそんな衝動に駆られながら俺は翼の女性の方を眺めていた。彼女の翼は血で染まり、羽の先からは血の滴が重力に引かれてぽたぽたと落ちていた。見ると彼女はその手に、血で染まった鋭利なナイフを俺の顔の上に持ち上げていた。ぽたりと、雨と混ざった血の滴が俺の顔に落ちる。気がつくと転がる死体を濡らす雨は赤い血に変わり、俺の顔にもベタベタとした感触がつきまとっていた。俺は少し困ったような顔を彼女に向けた。彼女はそんな俺に微笑むと、その血に染まった手で優しく俺の顔を撫でた。べたついた血液は彼女の手で拭われ、俺は再びにこやかな笑みを彼女に向ける。俺の表情に満足そうに彼女は頷くとその手を振り上げ、俺の胸へと振り下ろした。不思議と俺に痛みはなく、俺はただただ微笑んだまま彼女を見上げていた。そんな俺に彼女は微笑みを絶やすことなく、何度も何度も胸にナイフを突き立てた。その度に俺の視界は飛び散る自分の血液で真っ赤に染まっていく。俺はそれでも彼女を微笑みながら見つめ、にこやかに、その清らかな儀式を行なう彼女の様子をじっと眺めていた。

もうどれくらい彼女は俺にそのナイフを突き立てただろうか、ふとそんなことを思うと、彼女は一度大きくナイフを振り上げ、今までよりも強く俺の心臓めがけてナイフを突き立てた。刺さったナイフを抜こうともせずに彼女は手を離し、俺が今まで見たなかで最も美しく、妖しい微笑みを俺に向けた。

俺は彼女のその表情を見て、一瞬の後にすべて消えてなくなりそうな、そんな危うさのような、儚さのようなモノを彼女から感じ取った。

彼女は消えてしまうのだろうか？　ふとそんな思いが俺の錆付いた脳の背後に浮かび上がった。

俺は動かない自分の身体を呪った。身体が動かないならせめて魂だけでもいい、彼女の側に行きたかった。地獄の底で一本の蜘蛛の糸にすがる亡者のように俺は彼女を見つめた。そう、彼女こそ俺を正常な世界に連れていくことができる唯一の存在だった。彼女は俺の血で真っ赤に染まった自分の両手を楽しそうに見つめた後、ゆっくりとその顔を俺に近づけた。彼女は俺の血でその美しくも妖しい顔を濡らしていた。するりと俺の顔の隣に自分の顔をずらし、俺の耳元へ自分の口を持っていくと彼女は囁くように言った。

「これで望み通りになったね？」

俺は彼女のその囁きを聞いて、そうか、これが俺の望みだったのか、と虚ろな意識の中で、鉛の顔に微笑みを浮かべて思った。彼女はしばらく、横たわった俺の身体に覆い被さって俺を優しく包むように抱いていたが、ふとその身体を俺の身体から引き剥がした。そして、どこか遠くの空を見つめるように、空に向かって目を細め、俺に言った。

「さぁ、行きましょう？」

俺は彼女の微笑みを見つめ、横たわった動かない身体を動かそうともがきながら、

　そう尋ねた。彼女は俺の言葉に聖母の微笑みを浮かべたまま、

「正しい世界。あなたが正常でいられるところ」

　そう言うと、再びゆっくりと俺の顔に自分の顔を近づけた。彼女の柔らかな唇が俺の唇に重なる。俺は彼女の感触と、まるで厚く塗られた口紅のように彼女の唇にまとわりつく自分の血液の感触を楽しんだ。そしてその感触を味わいながら俺は、そう、おかしいのはこの世界だ、という何か確信のようなモノを感じ取っていた。ゆっくりと俺の顔から離れていく彼女の顔……。俺の唇と彼女の唇を繋ぐ一筋の赤が降り止まない血の雨に濡れ、途切れた。

　俺から離れた彼女は重苦しい血液の雨に切られた筋を少しの間、愛しそうに見つめていたが、やがて俺に満面の笑みを見せつけるとどこか遠くを指さし、俺の前から飛び立った。遠のく彼女の後ろ姿を眺めながら、俺はこの動かない鉛の身体の中で魂を振るわせて叫んだ。

「どこへ？」

「俺を連れていってくれ！」

だが、俺の叫びはまたも声にはならなかった。口から流れ出るのは音のない空気。悲痛な表情を浮かべながら俺は再び叫ぶ、行かないでくれ、と。やはり俺の声は聞こえては来なかった。

俺は彼女がいなくなり死体だけになった山の頂上で死体として生きていくのか？

辺りを見回そうにも首が動かなかった。背中に感じる感触は冷たい死体。見回さなくても辺りにいるのは死体だけだ。だがしかし俺は見たかった。俺を縛り付けようとするこの狂った世界の様を。そして彼女の目指す方角を。

ふと気がつくと俺は布団からはみ出し、部屋の中で唯一フローリングを覗かせている部分で俺がまき散らした雑多な物に囲まれ身動きがとれなくなっていた。

「狂っているのは俺じゃない、この世界だ」

俺はその俺の身動きを封じている場所に転がったたままそう呟くと、一瞬、自分の心臓が、いまだ覚醒していない自分の鉛の身体の隅々にまで送り出すかのように、大きく血液を吐き出すのを感じた。

覚醒した俺の身体はすぐに従順な俺の下僕と変わった。俺は即座に飛び起きると服を着替えようともせずに足下の乱雑な物たちを蹴り飛ばし、玄関のドアに向かった。俺の錆び付きかけている脳味噌はさっきから俺に訴え続けていた。彼女を捜さないと、と。

慌てて靴を履くと、俺は部屋を飛び出した。辺りは既に夕方の気配を漂わせており太陽は西に傾いていた。俺はその大きなオレンジを見ると、沈んでいくその巨大な柑橘果実に向かって、撃ち出されたライフルの弾丸のようにアパートの前の細い道を走り出した。狭苦しい道を息を切らせながら走っている俺は、自分の身体に鉛のような重苦しさを感じてはいなかった。まるで魂だけの存在になったかのような軽やかさ。しかしその軽やかさとは裏腹に、俺を覆いきろうとするような焦燥感と闘っていた。

　彼女が見つからなかったらどうする、ふとそんな不安が俺の脳の中で目を覚ました時、彼女が自分の目の前の十字路を曲がる姿を確かに見た。俺が足を止めて見ていると、彼女の純白の翼が曲がり角で消えたのだ。俺はその姿を見ると、安心すると同時に焦った。早く彼女に追いつかないと。そう思いながら再び自分の身体を支える二本の足を大きく前後に動かした。背後に消えていく電柱、壁。近づいてくる十字路に俺は歓喜の表情を浮かべていた。もうすぐ彼女に会える、そして俺は彼女と行くのだ。そう思いながら懸命に己の下僕である両足を動かした。

　十字路に辿り着くと彼女が曲がった方向に顔を向ける。そこには彼女の姿はなかった。俺はひどく慌てながら辺りを見回した。彼女が曲がった方向を見間違えたのだろうかとも思い、ご丁寧に十字路の全方向を俺は見た。だが地上に彼女の姿はなかった。俺はその時はっとして空を見上げた。思った通り、彼女は俺に背を向けて、夕暮れの赤く染まる空の中を優雅に泳いでいた。

俺は彼女がどこに行くのか、瞬間的に察知した。いや、感じ取った、と言った方が正しいかもしれない。駅だ。あの駅に彼女は向かっているのだ。俺はそう思うとくるりと向きを変えた。今自分が向いている方向は駅に行くには遠回りになる。そう思ったからだ。俺は再び、走ることのみを義務づけられた翼をもがれた鳥のように、通りを走った。裏通りから表の大通りに出る。夕方、人の姿もかなり見かけられたが、その人の間を縫うように走り抜けた。今は走ることしかできないが、彼女を捕まえれば走らずにすむだろう。

やがて俺は自分の直感が正しかったことを知った。彼女は駅の前、券売機の前で列をなす人、待ち合わせの相手を待つ人、改札をくぐり抜けこれから街に出て行く人、その他ありとあらゆる人の群れの中で、俺にその翼を見せるかのように背を向けてぽつんと立っていた。俺は彼女の姿を見ると走る足の動きを抑え、乱れた呼吸を整えてからゆっくりと歩き出した。

彼女に会って何と言おうか、彼女は俺にどんな顔を向けるのだろうか、そんなことを思い、俺は思わず苦笑した。まるで思春期の中学生のようだ、と思いながら。騒がしくも静かなその人の群れの中、俺は一歩一歩ゆっくりと彼女に近づいて行った。もうあと半歩も進めば彼女の身体に触れられる、そんな距離まで近づいた時、

「史槻サン、今日サークル行かないんですか？」

背後からかかる声を聞き、俺は振り返った。そこには人の群れの中、沈み行く太陽を背に立っている茜の姿があった。俺は振り返った身体をすぐに元に戻す。が、目の前には女性の翼はなく、俺に微笑みながら再び空に昇る彼女の姿があった。俺は強く舌を打つと再び走り出そうと自分の中のアクセルを強く踏み込もうとした。

「史槻サン！」

背後で茜の声が聞こえる。俺は彼女の声にからめ取られるのが怖かった。今ここで翼の女性を失ったら、二度と正常を得られないと思ったからだ。俺は、彼女を見失ってはいけない、という錆かけた脳の警告を受け入れると、茜の方を振り返らずにただ、急いでいる、とだけ言い残し、上空の彼女を見据えたまま地面を蹴った。

俺は焦っていた。追いついた、と思った刹那、彼女はすぐに何処かへその姿を移していた。彼女は街の中の至る所にその姿を現わした。ある時は信号の上に。ある時は道端のポストの隣に。追いかける俺にあの美しくも妖しい微笑みを向けながら。追いつけそうで追いつけない彼女を追いながら俺は、指を開いた手で水をすくい取るような不毛、指先から水がこぼれていくような喪失感を覚えつつ、それでも必死に走った。アスファルトが足に伝える感触を無視して俺は走る。まるでこの狂った世界から抜け出そうとするかのごとくに。

気がつくと、彼女は買い物客で賑わうアーケードの商店街の中に姿を見せていた。俺は既に、取り巻く周囲の人の群れを完全に無視していた。ただの障害物、そうとしか思えていなかった。俺はその障害物の中の女性めがけて、己の身体を走らせた。あまりの数の多さに俺は障害物を避けきれはしなかった。捻った身体の肩に当たる障害物たちは皆、俺に声をあげた。俺には奴らの声があの平原に転がっている死体たちの声に聞こえて不思議と笑いがこみ上げた。奴らは言っている、みんな、お前がやったんじゃないか、と。俺は通り過ぎた俺に顔を向ける障害物たちを振り返ると、にやりと笑ってやった。そうさ、俺が望んだことだ。俺はにやりと笑ったたままそう心の中で呟くと再び彼女の姿を探した。

さっきまで目の前のファーストフード店の看板の上で俺に微笑んでいた女性はその姿を遙か遠くに移していた。俺は口元が笑ったたままの顔を彼女に向

ける と再び走り出した。心の中で、いや、小声で、頼む、待ってくれ、と呟きながら。

俺が通り過ぎる障害物たちは皆、俺にその目を向けた。俺はその度に自分の顔に笑みを浮かべてせわしなく足を動かしていた。既に消えた太陽、しかしまだ完全に夜ではないその中途半端な時間の中、俺は彼女の背中だけ見つめながら走った。現われては消え、消えては現われる彼女になかなか追いつくことはできなかった。一種の絶望感が脳に侵略を始めた頃、俺は額を流れる汗を拭いながら彼女が目の前のデパートの入り口付近に立っているのを見た。

俺は汗を拭った手を見はしなかった。この手が血に濡れていようが、もはやそれはどうでも良いことだった。今大事なのは彼女に追いつくこと。俺はそう思うと彼女を視界から外さずにゆっくりと彼女に歩み寄った。まるで誰かと待ち合わせでもしているかのようにそこに立っている彼女に近づきながら、俺は彼女の待っている奴が俺であって欲しいと心の奥底から願った。湧き上がる感情を抑えつつ流れては消える障害物を避けながら、一歩一歩確実に前に進んだ。

ふと道端の植え込みの囲いに腰を下ろして空を見上げる彼女の姿が、俺にはやけに可愛らしく映った。彼女はあの美しくも妖しい笑みを浮かべると、俺にその手を差し伸べた。俺は彼女のその表情と仕草に途方もない安堵感を覚え、ほっと息を吐き出すとゆっくりと彼女に近づいた。もうあと少しで彼女の手に触れられる、そんな距離まで来たとき、彼女はその聖母の微笑みを浮かべたままふいに立ち上がり、両手を横に広げると空を仰いだ。気の早い星が幾つか輝きだした空を、俺もつられて見上げた。辺りにあの鬱陶しい雲はなく、よく晴れていた。

俺が再び彼女に顔を向けると彼女は微笑みを絶やさぬまま見上げた上空にゆっくりとその身を浮かばせていった。彼女はデパートの屋上に腰をかけるとその笑顔で俺に手招きして見せた。そう、あそこまで行けばいいのだ、俺はそう思いながらくるりと身体をデパートの入り口の方に向けた。

その時、俺の腕は誰かに掴まれた。正確には何かに掴まれた、という感触を得たのだがこの際どうでもいいだろう。俺は自分の腕を掴む人物の顔を見て大きく溜息をついた。何の権利があって俺の邪魔をするのか分からなかったからだ。何故か心配そうに俺の腕を掴むその人物、茜に少しキツイ視線を向けると強く言い放った。

「邪魔をするな！」

俺のその言葉を聞き、茜は一瞬びくっと身体を振るわせるとその手に込めた力をなくした。驚いた顔で俺を見つめている茜ににやっと笑ってみせ、すぐに茜の手を振り解くと、デパートの大きな両開きのガラスの扉を開け放ち、明るすぎる建物の中に駆け込んだ。

何だか色々な物が並べられていた。俺はそれらには目もくれずに自分でも驚くような速さでエレベーターの前へと走った。勿論、そこには外と同様にやけに障害物どもがいたが、俺は気にせずそれらをかわし、かわしきれない奴らは当たるに任せた。一瞬にして騒然とするデパートの中、俺は何事にも振り返ることなく真っ直ぐにエレベーター目指して走った。

タイル張りの床は俺の履いているスニーカーを滑らせたが俺は何とか転ばずにエレベーターのドアの前に辿り着いた。閉まっているドアの前で俺は愕然とした。こんな時にかぎって、人を運ぶ箱は二つとも一階にはほど遠い所にあったのだ。俺はエレベーターのドアを思い切り蹴飛ばすと、すぐ脇にある階段を見つけた。俺はその階段ににやっと笑いかけ、はじき出されたピンボールの玉のように、階段を駆け上り始めた。スニーカーの底のゴムがタイル張りの階段をぺたぺたと鳴らした。ぺたぺたと俺を追いかけるその音を聞きながら、それが、俺をこの世界に押しとどめようとする誰かの足音に聞こえていた。

捕まってはいけない。そして彼女に会わないと……。足下から聞こえる音から必死で逃げながら俺は屋上の女性めがけて走った。今やあの女性の白い翼を構成する軽やかな羽のような俺の身体は、獲物を狩る肉食獣のようなしなやかさと素早さで階段を駆け上がっていた。一段跳ばしで上っていく階段。階段の踊り場で、あまりの勢いにそのまま外に投げ出されそうになる自分の身体を押さえるべく、手すりに手を伸ばす。ひんやりとした感触が汗ばんだ手には気持ちよかった。ぐい、と手すりを引き寄せようとするかのごとくに腕に力を入れる。自分の身体が手すりに近づくとぱっと手を離し、再び眼前に立ちふさがる階段を駆け上がる。俺は何度となく滑りそうになる足下に怒りの形相を向けると、強く力を込めた。自分の足を押し返す床の力を感じながら俺は息を切らせて走った。

最上階に上りつめると目の前に、立入禁止、と書かれた看板が姿を現わした。俺は上へと続くその薄暗い階段を見上げた。今までの階段とは違い電気もついていない。当然だ。利用者は俺しかいない。そう思うと、やけに偉そうに目の前でただ一言立入禁止と俺に訴えかけている看板ににっこりと笑いかけ、

「ごくろうさん」

ただ立つことしか知らないそいつに一言そう言って、思い切り蹴飛ばした。金属製のその看板はやけに大袈裟な音を立てて床に転がった。その様子を満足そうに見下ろすとこの一見暖かく俺を包み込む狂った世界に別れを告げるべく、再び床を蹴った。薄暗い階段を懸命に走りながら俺は、これを上りきれば彼女と正しい世界に行くことができる、と思っていた。

階段を上りつめた俺の前には一枚のドアが立っていた。まるで俺が行くことを阻むかのように。俺はご丁寧にも、屋上、立入禁止、と書かれたそのドアににやりと笑うとドアノブに手をかける。ドアノブは回らなかった。鍵で

もかかっているのだろうか、そう思いながら俺の邪魔をするこの忌々しいドアをよく観察した。ドアノブに鍵穴はない、そのまま視線を上に巡らせる。そこで俺は見た。ドアとその隣の壁が金属性の折り畳み式の板で繋がれ、繋いだ先にある輪にいわゆる南京錠と呼ばれる物が俺を見つめているのを。それを見て一瞬の内に絶望感に支配された。

ここまで来て彼女に会えないのか、この正常の世界への扉は俺に開かれないのか、そう思いながらドアに寄りかかり、ずるずると身体を床に沈めた。ひんやりとした床の感触が伸ばした足の下に伝わってくる。乱れた自分の呼吸を正しながら、目には見えない何かが俺をこの世界に縛り付けようとしているような感覚に囚われた。

再び鉛のような重さが全身を襲う。俺はついさっきまで感じていた歓喜が何処かに失せ、途方もない不安感が目を覚まそうとしているのを感じて立ち上がった。そうだ、こんな所で座り込んでいる暇はない。自分にそう言い聞かせると俺は、彼女が言った正しいところへと続くその扉を睨んだ。

「これを、これさえ開けることができれば……」

そう呟きながら辺りを見回す。薄暗いドアの前のその空間には、隅の方でささやかに自分の存在を主張する古びた消火器が幾つか置いてあった。俺は彼らを見つけると自分の中で一つの覚醒しかけた感情が死に、眠りについた感情が再び目を覚ましたのを感じ取った。目を覚ました感情は抑えきれないほどに膨れ上がり、俺は声をあげて高らかに笑い出した。階段に響く自分の声を聞きながら、俺は笑うのを何とか抑え、ゆっくりと褪色した消火器たちに近づいて、

「……もう、誰も俺を繋ぎとめることはできない」

俺は愛おしそうに消火器たちにそう呟き、その中の一つを手に取った。ゆっくりとドアに振り返り、手に持った消火器を、自分をこの世界に閉じ込める最後の砦であるその南京錠めがけてゆっくりと振り上げ、思い切り振り下

ろした。金属と金属がぶつかり合う甲高い金属音、一瞬飛び散る火花の中に命の輝きを見た。そう、その一瞬こそまさに生きている証。己の命が輝き、そして消えていく――そう思いながら何度も消火器を振り下ろした。やがて一際大きく火花を散らすと、南京錠は床に転がった。最後に己の生きた証を大きく見せつけて。

俺は床に転がった南京錠の骸ににこやかな笑みを向けると、役目を終えた消火器を放り投げて言ってやった。

「そうさ、俺の望んだことだ」

そして、正しい世界へと続くドアと壁を繋いでいる金属製の板を離し、再びひんやりとしたドアノブに手をかけた。これで、向こうの世界に行ける。そう思うと自分の顔に笑みが浮かぶのを抑えきれなかった。

ゆっくりとドアを開けた俺の正面には、背中の白い翼を見せて立っている彼女がいた。柵のない屋上の端に立ち、俺を押しつぶそうとしているこの狂った世界を見下ろしている彼女に、ゆっくりと近づいて行った。彼女は笑っているだろう。あの微笑みを浮かべて俺を待ってくれているのだ。そう思いながら逸《はや》る気持ちを抑えつつ一歩一歩確実に彼女の方に、俺という魂に隷属している身体を進ませた。気がつくと空にはいつの間にか厚い雲がかかっていた。雨でも降りそうだ。雨が降ったら雲の上に飛び上がればいい。そんなことを思いながら俺が空を見上げつつ歩いていた時、

「史槻サン、どこ行くんですか!?　こっちに戻って下さいよ！」

俺はまた背後から声をかけられた。

「戻る？　何処にだ？　あの狂った世界にか？」

俺は背後の茜にそう言いつつも自分の顔に笑みを浮かべた。俺の顔を見た茜が妙に心配そうな顔をしている。自分のことでもないのによく心配するな、そう思いながら視線を茜から翼の女性に戻した。

彼女は俺の方を向き、あの美しくも妖しい微笑みを見せていた。そして彼女は俺にその手を差し伸べた。白く細い手だった。ああ、彼女は血に染まっていないんだな、そう思いながら、少し残念なような気がしていた。本当の彼女の美しさではないようなそんな妙な感覚にとらわれつつも、俺は差し出された彼女の手に、まるで鉄が磁石に吸い寄せられるかのように、ふらふらと近づいていった。

ぽつり、と頬に何かが当たる感触があった。雨が降り出したのだろう、その色は赤いだろうか？　そんなことを考えつつも俺はゆっくりと目の前の女性との距離を縮めていった。

背後では茜がまだ何か言っている。俺には茜の言葉が言葉として聞こえてこなかった。何かひどく耳障りな雑音、周波数の合っていないラジオがかき鳴らすそれにも似た音を完全に無視すると、翼の女性の前に立った。

髪を、服を濡らす雨の粒をまったく気にせずに俺は彼女に近づく。微笑みを浮かべたままの彼女の目の前に立つと俺は彼女を抱きしめた。ようやく……。そう、夢の中から思っていた、いや、もしかしたらあれが夢なのではなく、今のこの状況が夢なのかもしれない。

「やっと……会えた」

俺は彼女を抱きしめながら目を閉じてそう呟いた。彼女の身体の温もりを感じながら彼女の腕が優しく俺を包むのを感じた。そうだ、彼女も待っていたのだ、俺が会いに来るのを。そう思いながら彼女を強く抱きしめると彼女の腕も俺に強く巻き付いてきた。

「これで……」

彼女を抱きしめたままそう呟いた時、俺は自分に隷属する身体が何か大きな衝撃を受けるのを感じた。不思議な感覚だった。何かに身体を強く打ち付けたような衝撃。自分の身体があの軽やかな物から不出来な鉛の身体に変わっているのを感じた俺は、一瞬何が起きたのか分からずに、閉じた目を開けた。

目の前には透明な雨に濡れ、重苦しい色を映し出しているアスファルト、そこに流れ出す赤。透明な液体の中に流れ出すその赤を見つめながら、俺はやけに楽しくなった。後から後から視界に映る景色の色を塗り替えていくその赤を微笑んだまま見つめていると、俺の顔を覗き込んでいる翼の女性がいた。彼女はその顔の微笑みを絶やさずに俺に言った。

「すべてあなたの望み通り。さぁ、行きましょう」

そう言って差し出す彼女の手を、俺は掴んだ。ふと鉛の身体が軽くなるのを感じて俺は彼女に顔を向けた。彼女は俺にクスクスと笑うと自分の真上を見上げた。その途端、俺と彼女は上空に舞い上がった。


降り続く雨の中、俺はさっきまで自分がいた地面を見下ろした。そこには全身赤く染まり、微笑みながらアスファルトを抱きしめている鉛の俺がいた。

透明な雨に濡れて、ただただにこやかに己の周囲を赤く染めていく俺。そこにいるのは魂を押し込めていたただの器、そう、出来の悪い鉛性の魂の器。俺はにこにことその俺を見下ろしていたが、彼女が何処か空の一点を指さすのを見て彼女の方を見た。彼女はその白い翼を真っ赤に染めていた。ああ、彼女の翼は俺の血で染まったのだ、そう思いながら、降り止まない透明な雨にも流れ落ちない彼女の翼にしみ込んだ己の赤を見つめていた。そして同時に俺は思った。やっぱり彼女には白い翼よりもその赤い翼の方がよく似合う、と。

彼女は俺ににっこりと笑うとさっき指さした方へ、俺を連れて飛び始めた。徐々に遠くなる俺の抜け殻を見つめながら俺は思っていた。これから俺は彼女とともに行くのだ、あの殺戮という終わらないダンスパーティーの平原へ。

著者プロフィール

栩内 孝次（とちない こうじ）

1977年12月16日東京都世田谷区に生まれる。
駿河台大学法学部法律学科卒業。

ボクハクルッテイル

2001年12月15日　初版第1刷発行

著　者　栩内《とちない》 孝次《こうじ》
発行者　瓜谷 綱延
発行所　株式会社 文芸社
〒112-0004 東京都文京区後楽2－23－12
電話03-3814-1177（代表）
03-3814-2455（営業）
振替00190-8-728265

印刷所　株式会社フクイン

ISBN4-8355-2843-3 C0093